펭귄

펭

권

.Penguin.

By 윤영신/Libra Young

펭귄 아바바

Penguin Ababa

FIRST EDITION

펭 귄

초판 1쇄 인쇄 2013년 8월 20일
초판 1쇄 발행 2013년 8월 25일

지은이 윤영신
펴낸이 류서진
펴낸곳 미문사
주소 경기도 부천시 원미구 상동 한아름현대 1510-1604
신고번호 제 382-2010-000016호
대표전화 (070)8749-3550
구입문의 (070)8749-3550
내용문의 (070)8749-3550
팩스번호 (031)360-6376
전자우편 mimunsa@naver.com
ISBN 978-89-965558-4-1

국립중앙도서관 출판시도서목록(CIP)

펭권 / 지은이: 윤영신. -- 부천 : 미문사, 2013
    p. ;   cm

ISBN 978-89-965558-4-1 03810 : ₩12000

한국 현대 소설[韓國現代小說]

813.7-KDC5
895.735-DDC21   CIP2013013107

펭 귄

윤영신

미문사

이 책을

나의 친구들 그리고

제스 (JES) 선생님에게 바친다.

프롤로그
prologue

어느 날 나는 아주 작고 예쁜 날개가 두 겹으로 달린 비행기를 타고 돌아다니는 꿈을 꾸었다. 그 비행기를 타고 산 위로 혹은 바다 멀리 나가기도 하고 때로는 사람들이 붐비는 도시의 빌딩 사이로도 날아다녔다. 어떤 때는 하늘에서 녹색의 평원을 가로질러 가는 기다란 기차를 보고 그 위에 내려앉기도 했다. 한동안 그런 꿈을 꾸던 차에 그 비행기는 어느 하얀 얼음 평원 위를 한없이 날아갔다. 하얀 눈이 덮인 평원이 나오고 빙산이 떠도는 바다가 나오고 다시 눈 덮인 얼음 벌판이 나오고 그러더니 그 비행기가 하얀 벌판에 내리다가 그만 뒤집혀 뒹구는 꿈을 꾸었다.

현실에서는 갑자기 나의 마음속에서 여태 내가 가보지 못한 곳 그러나 꼭 가고픈 곳으로 비행을 하고 싶어졌다. 날개가 두 겹인 조그만 비행기를 타고 머나먼 세계를 향해 날아 오른다면 얼마나 좋을까. 나는 드디어 내가 바라고 기대하는 한 여행의 여정을 그리고 싶어 상상의 나라로 빠져들었다. 그리고 이상하게도 그 작은 비행기는 내 꿈속에서 잠시 사라져 버렸다.

나는 남극의 빙원으로 타박타박 걸어서 떠났다. 푸른 바다 위도 걸어가고 하얀 빙판 위도 걷는다. 무한히 얼음뿐인 넓고 하얀 세계! 아, 가슴이 시원하다. 그러나 날개가 몹시 상한 그 비행기가 움푹한 빙판에 거꾸로 박혀 끼여 있는 걸 보았다.

그 후 나는 몇 번이고 그곳으로 마음속 여정을 펼치다가 아무도 없을 것 같은 하얀 빙원에서 한 친구를 만났다. 빙판의 갈라진 틈 속에 갇힌 한 마리 펭귄이 있었다. 무슨 수를 써서라도 그를 구하고 싶었다. 너무 안타까운 나머지 난 현실과 상상을 오가며 그를 구해야 한다는 생각에 빠져들었다

　내 마음속엔 이렇게 해서 한 마리 펭귄이 살게 되었다. 자, 지금부터 나는 당신에게 그 펭귄의 이야기를 나누어 보고자 한다. 그는 내 가슴속에만 존재하는 게 아니라 당신의 마음속으로 들어가서 그의 삶에 대한 정말 감동적이고 가치 있는 이야기를 전해 줄 것이다.

이렇게 해서 전개되는 한 펭귄의 삶에 대한 이야기는 그 삶뿐만 아니라 지금 함께 살아가는 우리들의 절실한 생명의 소리로 남아 있길 원하며 이제 나 자신이 펭귄 57호의 삶으로 같이 지낸 펭귄 아바바에 대한 이야기를 시작하고자 한다.

1부

펭귄 아바바 이야기

대지는 귀 기울이는 자들에게만 음악을 들려준다.
The earth has music for those who listen.

– William Shakespeare, 윌리엄 셰익스피어 –

1. 돌아오는 그들

펭귄 아바바는

세상의 남쪽 끝에 살고 있다.

하얀 얼음 대륙으로부터 점차 차가운 바람이 불어온다.

계절의 풍성함을 뒤로 하고 모두 떠나고 있다. 파도의 끝자락이 점차 하얀 포말을 일으키고 그 위로 불어오는 바람은 냉기를 띠었다. 차가운 바다를 뒤로 하고 혹등고래가 긴 물줄기를 뿜으며 이제 다시 먼 바다로의 출발을 알린다. 그들은 이제 남극을 떠나 남태평양으로의 기나긴 항해를 시작한다. 수컷 혹등고래 한 마리가 물 위로 뛰어올라 하얀 물보라를 일으키며 바다를 아름답게 수놓는다. 그들이 떠나가고 있다. 이제 혹등고래 무리는 이 차가운 바다를 떠나 북쪽으로 그들만의 길을 나선다.

혹등고래의 노래가 바닷속에 울려 퍼지고, 그 신비한 소리는 모든 것을 전율케 한다.

"뿌우~우 뿌우"

바닷물이 차가워지는 계절인 겨울이 남빙양으로 조금씩 다가오고 있다. 이 바다가 못내 아쉬운 듯, 커다란 덩치의 암컷 혹등고래와 그 새끼 고래를 따라 나선 수컷 혹등고래는 작별의 인사를 하듯 바다 위로 올라 물보라를 일으키며 바다 표면 위로 솟구쳐 오르는 브리칭을 한다. 그리고 수컷 혹등고래는 마치 보호자가 된 듯 암컷 혹등고래와 새끼 고래를 따라 나섰다. 그들은 적도를 비추던 해가 남으로 내려와 바로 머리 위에서 작열하는 남회귀선이 지나는 바다를 향해 천천히 길을 떠난다.

남빙양 바다 위를 떠도는 빙산들 사이로 불어오는 바람은 이제 차가워져 하얀 남극 대륙에 매서운 겨울이 시작되고 있음을 알린다. 바람은 남극 대륙으로부터 불어와 바다 표면을 차갑게 휩쓸고 지나친다. 일순간 차가운 바다가 잠시 비어버린 듯 보였다.

이 바다 위를 떠도는 유빙을 지나 한참을 가도 아직 땅의 흔적이 보이질 않고 높은 얼음 절벽 혹은 기어 오르기 적절한 경사진 유빙 조각들이 보이기 시작했다. 남쪽으로 한참 내려가자 드디어 커다란 빙산들이 나타났다. 어떤 것들은 커다란 배처럼 보였고, 또 다른 것은 흡사 작은 산이 물 위에 둥둥 떠 있는 것처럼 보인다. 그 하얀 빙붕을 타고 불어오는

바람은 점점 차가워졌다. 이윽고 커다란 얼음 절벽이 보이고 거대한 빙하의 끝자락이 바다와 맞닥뜨려 파도를 막는다.

차가운 바다 위에 늘어선 섬을 따라가자 남극의 본대륙 관문인 남극 반도가 그 모습을 드러낸다.

남극 반도. 이 반도는 북쪽을 향해 뻗어 있으며 드레이크로 해협을 지나 올라가면 남아메리카 대륙과 연결되는 위치에 있는 남극의 땅이다.

남극 반도(Antarctic Peninsula)

영국은 영국령 남극 지역이라고 주장하고 칠레와 아르헨티나도 자국의 영토라고 주장하는 반도. 남아메리카의 남단을 향해 북쪽으로 1,300㎞ 뻗어 있는 남극 대륙의 일부를 이루는 이 반도는 얼음으로 덮여 있고 산이 많으며, 잭슨 산이 4,191m로 가장 높다. 마게리트 만이 서해안에 만입해 있으며, 랜스필드 해협이 이 반도와 북쪽의 사우스 셰틀랜드 제도를 갈라놓고 있다. 이 반도의 해안 바다에는 많은 섬과 유동성 빙붕(氷棚)이 있다. 기록상 남극 대륙을 처음 발견한 것은 1820년 1월 30일로, 그 당시 물범잡이 배의 선원인 윌리엄 스미스와 영국 해군 소속의 에드워드 브랜스 필드가 현재의 브랜스필드 해협을 항해하다가 남극 반도를 발견했다. 아르헨티나 · 영국 · 칠레 · 폴란드 · 미국 · 구소련에서 이 반도와 근처의 섬에 남극 지역 탐사 본부를 설치했다. [Antarctic Peninsula, 브리태니커 백과사전]

바다의 파도가 낮게 치는 지역에 커다란 빙판이나 혹은 대륙 쪽으로 낮게 이어지는 얼음이 떠도는 해변도 드러나 보였다. 돌연 작은 물보라가 파도 사이에서 일더니 무엇인가 튀어올라 얼음 등성이 위로 올라서는 모습이 보인다.

이어 수많은 점들이 물 밖으로 튀어나오며 작은 포물선을 긋고는 이내 하얀 유빙 위로 안착한다. 얼음 언덕이 금세 까만 점들로 가득 차 간다. 하얀 빙판 위로 점점이 뛰어 오르는 펭귄들이다. 등이 검고 배가 하얀 펭귄들!

이 무리 속에 이제 막 시작하는 이야기에 특별히 나오는 펭귄 두 마리가 있다. 그들은 하얀 포말을 일으키며 파도를 헤치고 솟구쳐 올라 바다를 떠도는 유빙 위로 올라섰다.

펭귄 '아바바'
그리고 펭귄들의 귀환

이 두 마리의 펭귄의 삶을 자세히 살펴보려고 한다. 두 펭귄의 이름은 아바바와 트래디이다. (아바바는 의성어로 보통 무엇인가를 말하고 싶을 때 대신 나오는 소리로, 빨리 소리내면 아빠가 되기도 한다. 트래디는 단어 tradition에서도 짐작할 수 있듯이 전통이란 의미로 둘 중 나이가 더 많은 펭귄이다.)

그들 펭귄은 날지 못한다. 새인데도 불구하고 그 작은 날개로는 하늘 높이 날아오를 수가 없다. 족히 수십만 년은 지났을 법한 옛날에 그들은 이미 날기를 그만두었다. 하지만 그 날개는 진화되어 물속에서 마음껏 헤엄치고 돌아다닐 수 있는 자유가 그들에게 주어졌다. 물 밖에서 걷는 모습으로 볼 때 그 날개들은 다소 우스꽝스러워 보일지 모르나 일단 바 닷속으로 잠수해 들어간 다음에는 대단한 위력을 발휘한다. 그리고 일 반적인 조류와는 달리 펭귄의 뼈에는 공기가 들어 있지 않아 잠수하는 데 매우 수월하다. 그래서 하늘을 날지 못하는 날개를 가진 펭귄들은 바 닷속에선 훨훨 날아다닌다!

황제펭귄 (Emperor Penguin)

학명은 *Aptenodytes forsteri* 로 몸길이는 1.2m 정도까지 자라며 수명은 자연 상태에서 20년 정도이다. 몸무게는 20kg에서 40kg까지에 이른다. 몸 색깔은 머리, 턱, 목 등은 까만색이며 배와 가슴은 흰 털로 덮여 있다. 털갈 이 이전엔 등이 하얀 솜털로 덮여 있다. 귀 부분은 선명한 노란색이며 가슴 부분은 엷은 황금색을 띤다. 주로 남극의 유빙 위에서 생활하며 산란기에는 내륙 얼음 평원 지역으로 바람을 막을 수 있는 빙벽 부근에 서식한다. 먹이 는 물고기류, 크릴, 오징어 등으로 하루 2kg 정도 섭취한다.

천적은 레오파드 바다표범, 범고래, 자이언트 패트롤(큰 풀마갈매기로 알과 새끼 펭귄을 공격한다.) 등이다. 웨델해, 로스해, 쿨먼섬 등 전 남극 해안에 분포하며, 총 60여만 마리가 있는 것으로 조사되었다. 잠수 능력이 뛰어나 며 유선형의 신체 구조를 가졌다. 물갈퀴가 달린 방사형 발은 영하의 빙판 위에서도 잘 견딘다. 알을 품을 때는 발등 위에 올리고 아랫배가 변형된 포 란낭으로 덮어 알을 부화한다.

펭귄의 진화에 대해서는 아직 정확히 밝혀진 것은 없지만, 학자들은 남극에서 살던 조류가 추운 날씨에 적응하여 점차 현재의 모습으로 변해 갔다고 주장하고 있다. 펭귄은 4000여만 년 전에 존재했던 기러기나 바다제비로부터 분리되어 진화의 길을 걸어왔다고 추정하고 있다. 지금도 기후가 따뜻한 열대 지역에도 펭귄들이 서식하는 걸로 미루어 처음부터 추운 기후에서 진화한 것은 아니고 빙하기 이후 오랜 세월 동안에 걸쳐 추운 극지방의 기후에 적응해 나간 걸로 보고 있다. 바닷속에 풍부한 먹이가 있다는 걸 아는 그들은 나는 것을 포기하고 점차 바다를 그들의 생존 장소로 선택했다. 그들은 날기를 그만두고 날개를 접었다. 그것은 진보적 퇴화로 불릴 만하다. 그들의 날개는 바닷속에서는 여전히 유용한 기능을 멋지게 해내고 있다. 그야말로 날개의 퇴화가 진보를 이룬 셈이다.

그들 두 마리의 펭귄은 퇴화된 날개를 지녔고, 눈 위를 걸어갈 때는 그 날갯짓이 좌우로 흔들리며 뒤뚱거리는데 그것이 그들의 균형 맞추기 방법이다. 아장아장 걸으면서 어깨를 좌우로 흔들고 꼬리는 세우고 검은 유선형의 날개로는 좌우 균형을 잡는다. 좀 더 바쁜 종종 걸음을 걸을 때는 날개를 활짝 펼치고 앞으로 나간다. 조금 떨어져 보면 연미복 신사복 차림의 인간이 움직이는 것과도 흡사하다. 검게 보이는 튼튼한 발목이 온몸을 떠받치고 있다. 목 아래와 귀 언저리의 황금빛 털로 인해 고귀해 보이기까지 한다. 아주 잘 디자인된 생명체라는 느낌이 바로 들 정도로 독특한 존재감을 준다. 아무튼 펭귄 어미의 어미 그리고 또 그 어미의 어미 때도 그랬으며 그들 또한 그 걸음걸이로 돌아다니는 걸 좋아한다.

사실 펭귄 트래디는 아바바의 아비 펭귄으로, 그는 수년 전에 정성스럽게 알을 품어 아바바를 키워 냈다.

"지금도 기억 나!"

"그의 따뜻한 품도 그리워."

아바바는 아비 펭귄 트래디를 아직도 생생히 기억하고 있다. 아바바가 가끔 무리 속에서 트래디를 발견하고는 바싹 다가서지만 트래디는 그런 아바바를 그저 따라다니게 내버려두는 정도다.

그들이 조류로부터 진화한 것이 틀림없다는 것을 증명이라도 하듯이 새끼를 길러 일단 세상 밖으로 내보내면 그 인연이 거의 끝나는 것처럼 행동하게 되고 그 다음엔 각자 자연의 생존 법칙에 따라가며 살아가게 된다.

'펭귄의 다리는 짧다.'

뒤뚱거리는 걸음걸이를 보아 그런 생각을 할지도 모른다. 하지만 학자들이 나서서 그들의 다리를 자세히 살펴본 뒤 내린 결론은 결코 짧지 않다고 한다. 단지 털에 가리지 않고 드러난 정강이뼈와 발가락 사이의 부척골이 짧아서 그렇게 보여질 뿐이며 숨겨진 전체 다리는 결코 짧은 편이 아니다. 그들 무리의 걸음걸이에는 독특한 특성이 있다. 빙원을 천천히 걸어 나갈 때는 좌우로 몸을 흔들며 다리를 옮긴다. 왜 펭귄은 뒤뚱거리며 걷는가? 거기엔 놀라운 생물학적 효용성이 숨어 있다. 펭귄이 걸을 때 가장 효율적으로 에너지를 쓰기 위해서 추의 진자가 좌우로 오가는 듯한 걸음걸이로 발을 교대로 내딛고 몸을 좌우로 흔들며 걷는다. 그리고 멈추어진 순간에 다음 발을 디딜 수 있는 에너지를 축적하게 된다. 일반적으로 두 발로 걷는 다른 동물들에 비해 펭귄의 에너지 효율성은 훨씬 높다. 보통 새들이 종종 걸음으로 걸어 이동하지만 펭귄은 한발 앞으로 나가 추의 진자가 움직이는 정점에서 잠시 멈추는 것처럼 자신의 몸을 멈춘 상태에서 에너지를 쓰고 다른 발을 내디딘다. 펭귄의 몸짓과 두 발이 교대로 움직이는 이런 모습을 통해 펭귄의 걸음걸이가 다소 우스꽝스러워 보일지 모르지만 빙판 위를 걸을 때 가장 효율적으로 에너지를 사용하기 위한 그들만의 이동 방식이다. 한 발을 내딛고 앞으로 전진하여 멈추는 순간 얻어지는 위치 에너지로 다른 한 발을 앞으로 내딛는 데 사용함으로써 그 효율성을 최대한 높이는 방향으로 진화한 것이 바로 펭귄의 독특한 걷는 모습을 만들어냈다. 펭귄은 평상시 한 발 한 발 또박또박 걸으며 어깨를 좌우로 멈칫멈칫 걷지만 때로는 배를 바닥에 깔고 미끄러지듯 이동하거나 두 발을 동시에 올려 아주 능숙히 점프를 한다.

눈앞에 남극 대륙의 얼음 평원이 보이고 한 무리의 펭귄들이 몸을 움츠리며 눈 벌판의 한 지점으로 모여들었다. 여기저기서 몇몇 펭귄이 합세하여 제법 무리를 이루며 눈 덮인 평원을 가로질러 갈 준비를 한다. 아직 바람은 약하지만 사방은 점점 추워지고 있다. 조금 있으면 기온이 영하 수십 도까지 떨어질 것이다. 그들에게 인내와 고통의 계절이 다가오고 있으므로 그들은 서둘러 저 얼음 평원을 무사히 건너가야 한다.

"겨울이 오는가 봐!"

"바다가 얼고 있어!"

펭귄들은 너나 할 것 없이 다가올 겨울의 맹추위를 몸으로 느꼈다.

남극의 겨울은 대륙의 극지역으로부터 불어 오는 바람과 해변의 결빙이 시작되는 것으로부터 짐작할 수 있다. 3월부터 시작되는 남극의 겨울은 바다조차 얼어 남극 대륙의 크기가 늘어난다. 바다 위를 떠다니는 빙붕도 얼음 속에 갇히게 된다. 바다 수면 위를 떠돌며 흘러 다니던 유빙도 얼음 속에 갇힌다. 둥글게 뚫린 얼음 웅덩이를 통해 펭귄들이 바다를 오고 간다. 마치 전용 다이빙 풀장처럼 생긴 작은 원형의 수영장으로 뛰어들어 바다 멀리 나갔다 다시 그 구멍을 통해 물 밖으로 나온다. 시간이 좀 흐르면 그 원형의 출입구마저 얼어붙게 된다. 해안 멀리까지 무려 2~3m의 두께로 바다가 얼어 남극 대륙 면적은 무려 두 배 가까이 늘어난다. 얼음 해안이 백수십km 이상 멀어져 간다. 남극의 겨울은 추위로 가득 찬 얼음의 세계로 변해 간다. 세상 모든 일에는 징조가 있듯이 조금씩 더 추워지는 바람 속에 겨울이 서서히 다가오고 있다.

황제펭귄들은 본능적으로 떠날 준비를 한다. 대부분의 바다 생물들이 차가운 남빙양을 떠나 적도 가까운 곳으로 갈 무렵, 이들은 오히려 더 춥고 더 혹독한 얼음 대륙의 깊숙한 곳으로 떠난다.

펭귄들은 왜 얼음 대륙으로 갈까?

오늘 따라 펭귄 트래디는 아바바를 알아보고 반겼다. 지난해에는 눈 덮인 얼음 평원을 가로질러 트래디가 무리를 이끌고 갔다. 고난의 여정이었지만 트래디는 선두에 서서 묵묵히 눈 덮인 얼음 평원 위에 둘러싸인 그들만의 보금자리를 잘도 안내해 나갔다. 노련한 트래디의 풍부한 기억력이 빛을 발한 덕분이었다.

"오셨어요?"

아바바가 트래디를 알아보고 말했다.

그는 펭귄 트래디를 자랑스럽게 생각한다. 벌써 수년 동안이나 그가 무리에서 앞장서서 갔기에 펭귄 무리가 눈 덮인 얼음 평원을 무사히 건널 수 있었다. 아바바에게 어려움이 있을 때 트래디와 함께 한다는 건 대단한 행운이었다.

작년 여정 동안 트래디는 아바바에게 오모크로 가는 길을 찾는 방법을 가르쳐 주었다.

"우리의 고향 오모크로 가는 길을 찾는 비밀이 있단다."

이렇게 트래디의 이야기는 시작되었다.

"우리가 일주일 밤낮을 걸어 오모크로 가는데, 먼 옛날부터 전해 오는 오모크로 가는 길찾기 방법에 대한 이야기가 있단다. 지금은 앞장서는 몇몇 펭귄들만이 알고 있어. 너도 앞으로 이 길을 수없이 다니게 되겠지만 엄청난 인내심이 필요한 이 여정은 아주 옛날부터 시작되었단다. 너에게도 조만간 이 여정의 의미를 깨닫게 될 날이 올 거야. 중요한 것은 그 의미를 너 스스로 깨달아야만 한다는 점이야."

그는 트래디가 다소 엄숙하게 말해 주었던 사실을 기억하고 있다.

트래디는 아직도 활기에 넘친다. 이번에도 모든 펭귄들은 그가 무리의 맨 앞에 서서 출발하기를 기대하였다. 펭귄들이 그를 에워싸고 그가 무슨 말을 할지 궁금해하였다. 어떤 펭귄도 그의 말을 듣지 않고 출발하지 않는다. 그건 강요가 아니다. 모두들 그렇게 하길 진심으로 원했기 때문이다. 그의 울음소리에는 노련함이 배어난다. 그들은 펭귄 트래디가 지닌 탁월한 경험과 지혜를 존경하고 있다. 다른 펭귄들 역시 그와 같은 외모를 지녔다. 하지만 그의 유난히 까만 등과 끝이 부드럽게 굽은 다부진 부리 그리고 하얀 배털 아래로 보이는, 윤기 나는 물갈퀴 달린 검은 발가락은 더욱 강인한 인상을 준다. 귀 아래 그리고 가슴 위의 황금빛 털은 화가의 손길로 마무리한 것처럼 부드럽고 아름답다. 펭귄들은 스스로 트래디를 따르기를 원했고 거기서 나오는 존경심의 의미는 대단했다. 하지만 그는 리더일 뿐 절대 지배자로서 군림하지는 않는다.

펭귄 무리는 수백 마리에서부터 수만 마리까지 한곳에 모여 서식하는 경우가 많다. 먹이 사냥도 같이 다니고 같이 생활하고 무리 지어 새끼를 낳아 기른다. 특이한 것은 대규모 집단을 이루고 살지만 무리에 왕이나 지배자가 없다는 점이다. 수컷 펭귄과 암컷 펭귄이 만나 이루어진 일부일처의 관계가 조직으로 볼 수 있는 전부이다. 천성이 지배욕이 없어서일까? 일반 포유류가 집단을 이룰 때 서열이 정해지고 지배자가 생기는 것과는 달리 펭귄은 무리 속에서 지배자를 세우는 일에는 아예 관심이 없는지도 모른다. 지배자 없이도 예정된 삶의 순환 길을 원활하게 이어나가는 그들 펭귄의 생활 태도를 보면 볼수록 신기하다. 포유류 무리에서 벌어지는 무리 내 약육강식의 포악함과 잔인함은 아예 펭귄 무리에서는 볼 수 없다. 그들은 무리가 경쟁 없이도 생존을 이어가는 이상적인 방식을 알고 있다.

이윽고 펭귄 트래디가 부리를 높이 들고 외쳤다.
"우린 목덜미에 자랑스런 황금빛 털을 지니고 있다. 그래서 세상이 우리를 일컬어 황제펭귄이라고 말해. 그러나 우리 무리에는 우리를 다스리는 황제가 따로 있다는 의미는 아니야."

여러 펭귄들이 모두 힘을 모아 트래디의 말에 응답하여 외치는 소리가 얼음 벌판에 널리 퍼진다.

"우리들은 우리 스스로 자신을 다스리지!"

"우리는 자신의 일은 자신이 책임진다."

이렇게 펭귄 무리가 답하는 말을 듣고 트래디가 외쳤다.

"그건 우리 하나 하나가 모두 그런 자부심을 지녔기 때문이야. 우리는 우리 자신을 잘 알고 있고 그것에 만족해."

트래디가 고개를 젖히며 목청을 돋우었다.

"진정한 우리의 삶의 길을 찾는 것이 중요해. 우리 자신이 바로 진정한 존재 그 자체가 되는 길을 말이지."

과연 트래디가 말할 수 있는 최상의 의미다. 사방에서 펭귄들이 황금빛 털로 덮인 목을 흔들며 끄덕였다.

선조들과 마찬가지로 펭귄 아바바와 트래디와 그 무리는 이제 추운 남극 대륙의 한가운데에 위치한 오모크로 향해 전진하기로 다짐한다.

"이곳을 떠날 때가 왔어!"

"자, 우리의 보금자리 오모코로 떠나자! 우리의 자부심과 용기가 우리가 매서운 눈보라를 뚫고 오모코로 무사히 갈 수 있는 힘이 될 거야."

용기에 가득 찬 아바바도 목을 아래 위로 흔들며 트래디의 말에 공감의 표시를 했다.

펭귄들은 얼음 대륙 안쪽으로 보이는 하얀 눈평원을 응시했다. 아바바는 그쪽을 향해 발걸음을 옮겼다. 좀 뒤뚱거렸지만 양쪽 날개를 좌우로 흔들어 균형을 잡으며 길을 나선다, 머나먼 길을 갈 때 힘을 많이 절약하는 방법이다. 펭귄들이 얼음 해안에서 100여 km나 멀리 위치하고 10여 일이 넘게 걸리는 오모크를 향해 길을 나선다.

아바바는 트래디로부터 들은 이야기를 늘 머릿속에 넣고 곰곰 되새김질하듯 생각해 보는 수수께끼 풀기 같은 것이 하나 있다.

"아바바, 선조들의 비밀 이야기를 들어 볼래?"

몸의 깃털을 다듬고 있던 아바바에게 트래디가 말했다.

"자, 저기 하얀 평원 위를 줄지어 가고 있는 펭귄 무리를 보렴. 끝없이 가고 또 가지. 누구든지 앞서 가거나 뒤서 가지 않고 함께 간단다. 앞서는 펭귄이 뒤서는 펭귄이 되고 뒤서는 펭귄이 앞서는 펭귄이 되어 평원을 걷고 있어. 앞뒤의 구분이 없다는 말이지. 이 말이 무슨 뜻인지 생각해 보렴. 아마 너도 새끼를 기를 때쯤이면 그 의미를 알 수 있었으면 좋겠다."

사실 아바바는 트래디의 그 말을 듣고 자세히 생각해 보려 했지만 아무리 궁리를 해도 그 말의 진정한 의미를 도저히 알 수가 없었다.

"뒤서는 자가 앞서는 자가 된다고?"

하지만 뭔가 끊임없이 이루어지는 것이란 걸 짐작할 뿐 '도대체 무슨 의미일까' 하는 의문에 빠져든다.

'좀 더 생각해 보자!'

이것이 그가 풀어 나갈 과제이자 '트래디의 수수께끼'에 대한 생각의 시작이었다.

겨울이 시작되는 초기에 그들은 내륙으로 들어간다. 황제펭귄의 무리는 조상 대대로 이러한 습성을 이어 겨울이 오고 짝짓기와 산란의 계절이 다가오면 오히려 더 추워지는 남극 대륙의 내륙 평원 깊숙이 들어간다. 거기엔 천적이 없다. 강추위와 눈보라 그리고 굶주림을 제외하고는 이 세상에서 가장 안전한 장소가 된다. 이것이 바로 그들만이 알고 있는 곳 그들의 서식지 오모크로 향해 가는 이유다.

아바바는 문득 뒤를 돌아 트래디를 쳐다보았다. 그가 "끄으윽 끄끄끄" 소리를 내며 펭귄들을 격려한다. 몇몇 펭귄들이 벌써 아바바를 앞서서 한 줄로 나란히 서서 길을 나서고 있다. 오모크로 가는 길을 향해서.

"자, 우리들만의 비밀스런 오모크를 향해 떠나자!"

펭귄들이 모두 가슴을 가득 내밀어 올리고 용감하고 의연히 걸어가기 시작한다. 뒤뚱거리는 모습이었지만 자부심을 가득 품은 걸음이다. 지금부터 펭귄들은 약 100여 km나 가는 긴 행군을 해야 한다. 주변이 얼음으로 변해 바다도 저 멀리 물러나고 있다. 기온도 매일 조금씩 더 내려가고 대륙 안쪽에서 불어 오는 바람은 더욱 더 차가워진다. 암컷 펭귄들이 먹이 활동을 위해 몇 달 후 되돌아올 때쯤이면 해안조차 얼어붙어 바다로 가려면 더 먼 길을 가야만 한다. 예고된 고난이 그들 앞에 기다리고 있다. 자연에서 생존을 하는 데에 편안함만이 기다리지는 않는다.

사실 남극 대륙은 얼음과 눈으로만 이루어진 것은 아니다. 거대한 얼음덩어리 밑에는 대륙이 존재하고 있으며 그 위를 두꺼운 얼음이 평균 2,160m 두께로 덮고 있다. 연평균 기온은 대륙 연안부는 −10도지만 중앙 내륙부로 들어가면 연평균 기온이 −55도에 이른다. 남극 횡단 산맥을 기준으로 크게 서남극 빙상, 동남극 빙상 그리고 빙하 계곡 등에 분포하는 빙하들이 있다. 남극 대륙의 98%를 얼음이 덮고 있고 혹독한 영하의 기온으로 말미암아 생물들이 살아가기에는 적합하지 않은 지역으로 미지의 땅이자 지구의 일곱 번째 대륙이라고 부른다. 지구 담수의 약 70%를 얼음의 형태로 유지하고 있으며 그 얼음 즉 빙상은 그 아래 육지의 경사면을 따라 점차 해안 쪽으로 서서히 이동한다. 그 빙하의 흐름은 해안에 이르러서는 바다로 떨어져나가 소위 빙붕(ice shelf)을 형성한다. 이런 빙붕은 오랜 시간에 걸쳐 서서히 녹아 사라지지만 그 사이 펭귄이나 물개의 무리에게는 훌륭한 휴식처이자 생활 공간으로 자리잡는다. 황제펭귄 무리는 겨울철이 다가오면 이러한 빙붕 위의 휴식처를 떠나 대륙 내부에 위치한 그들의 서식지로 산란, 부화 그리고 새끼 기르기

를 위해 떠난다.

아바바도 대열에 끼어들어 활기차게 한 걸음씩 내딛는다. 길게 늘어선 탓에 벌써 선두 대열은 눈빛에 반사되어 희미하게 보인다. 내륙 깊숙한 곳을 향해 무리 지어 떠나는 펭귄들의 대열이 눈평원 위로 까만 줄을 그어 이어 나가듯 한없이 계속된다. 이 대열의 이런 모습은 적어도 수십만 년을 이어왔으리라.

"차분히 따라가니 걱정 마!"

"그래도 조심해서 따라와."

아바바는 앞서 가는 동료 펭귄의 등을 바라보며 일정한 속도로 열심히 그를 따랐다. 동료 펭귄의 까만 등이 그가 보고 따라가는 일종의 표지판처럼 느껴졌다. 그는 이 행렬에 끼어들어 오모크로 가는 첫 경험을 하게 되어 무척 기뻤다.

힘찬 걸음걸이에 그의 강인한 다리가 빛난다. 다리는 무려 30kg이나 되는 체중을 지탱한다. 바다와 얼음 빙판에서 다져지고 사냥할 때 발을 휘저어 물속을 헤엄쳐 다니며 강하게 다져진 발이다. 발은 엎드려서 미끄러지듯 갈 때 특히 훌륭한 동력을 제공한다. 앞으로 엎드린 상태에서 보트의 뒤꽁무니에 달린 스쿠루처럼 발을 교대로 움직이면 육중한 몸이 스르르 부드럽게 앞으로 전진한다. 가끔 얼음 조각들이 그의 발 사이 물갈퀴에 걸리지만 선두 그룹을 뒤따라가는 만큼 그가 걷는 길은 의외로 잘 다듬어진 길과 같았다. 아바바는 멀리 선두를 살펴보는데 이미 시야에서 안 보일 만큼 까마득하다.

펭귄들의 목에 두른 황금빛 털이 하얀 눈빛을 받으며 빛났다. 이들 황제펭귄 무리는 펭귄 종 중에서 덩치가 제일 크다. 그 두드러진 특징은 목 언저리에 황금색으로 빛나는 털을 두르고 있다는 점이다. 이것이 바로 세상에서 그들을 보고 황제펭귄이라고 부르는 이유다.

바다에서 하얀 빙판을 디디고 올라선 펭귄들이 가려고 하는 곳. 남극 얼음 대륙의 안쪽에 위치한 곳. 그들이 눈보라와 강추위를 무릅쓰고 향하는 곳. 바다로부터 무려 100여 km나 떨어진 곳. 그곳이 바로 그들이 향해 가는 오모크다! 그 오모크를 향해 아바바와 그의 동료 펭귄들이 눈이 덮인 평원을 가로질러 부지런히 가고 있다.

아바바는 문득 의문점이 생겼다.

"나의 조상들은 왜 이렇게 바다에서 멀리 떨어진 내륙 깊숙한 곳을 우리들의 서식지 오모크로 정했을까?"

그는 하늘 높이 고개를 들고 잠시 숨을 고른다.

"아주 옛날 뭔가 무서운 무리들이 우리 펭귄들을 따라다녔는지도 몰라. 바닷가로부터 이렇게까지 먼 곳으로 오는 데는 분명 이유가 있을 텐데. 그곳은 우리가 피해 다니는 바다표범이 따라오지 못하는 곳이지만 우리 펭귄들 외엔 아무도 없잖아. 그런데 트래디가 얘기한 오모크로 향하는 길을 찾는 비법이란 뭘까?"

그는 문득 어린 시절의 경험을 떠올렸다.

"어린 시절에 바다에서 돌아오신 엄마 펭귄이 몸에 솜털이 많은 나를 트래디로부터 넘겨받는 순간, 내가 그만 얼어붙은 땅으로 굴러떨어져서 얼어 죽을 뻔했지. 트래디가 재빨리 도와서 무사히 엄마 품으로 갈 수 있었지만 좀 더 늦어졌으면 매서운 추위 속에서 난 그때 얼어 죽었을지도 몰라."

아주 새끼 펭귄이었을 때 겪은 경험이지만 아바바는 그 일을 생생히 기억하고 있다. 역시 어린 새끼에겐 항상 어미의 보살핌이 필요하다. 하지만 혹독한 자연 세계에서는 생존의 행운이 항상 뒤따르지는 않는다.

새끼들이 혹독한 얼음 대륙의 환경에서 홀로 살아남는다는 일은 불가능했다. 보살핌을 받는 새끼 펭귄들조차 그 생존율이 겨우 반도 안 되니 이 얼음 대륙은 그만큼 가혹한 곳이다. 얼핏 보기엔 평화스런 이곳도 치열한 삶의 장소다.

아바바는 여전히 추운 겨울에 더 깊은 내륙으로 가는 이유가 매우 궁금했다.

"우리 선조들은 세상에서 제일 추운 곳으로 꽁꽁 얼어붙은 얼음과 눈이 가득한 그곳을 왜 우리 펭귄들의 탄생 장소로 정했을까?"

아바바는 앞에 펼쳐진 빙원을 바라보았다. 눈 덮인 얼음 벌판이 보이고 아직 그들을 품어 줄 얼음 절벽조차 보이질 않았다.

"우리 펭귄을 잡아먹는 무서운 바다표범이 감히 따라올 엄두조차 낼 수 없는 그곳이 가장 안전한 장소여서일까. 하지만 너무 추워서 알이 부화되지도 못하거나 그 추위 속에서 죽어 간 어린 새끼 펭귄들도 많았잖아."

펭귄 아바바가 처음 세상에 나와 눈 뜨고 바라본 세상은 마냥 평화로운 곳만은 아니었다. 자신과는 달리 부화하지 못한 알들이 이리저리 나뒹굴고 있었고 심지어 자신의 모습과 똑같은 하얀 솜털을 뒤집어 쓴 채 죽은 새끼 펭귄도 많았다.

"그래도 그곳이 그리워."

그는 어린 시절을 보낸 그곳을 기억해 내며 생각에 잠겼다. 경험이 적은 그에게는 그 추운 곳을 왜 오모크로 삼았는지 하는 것이 여전히 의문으로 남았다.

그래도 아바바는 그곳에서 나와 이제 새로 태어날 새끼를 위해 오모크로 향해 가는 자신을 느끼며 기쁜 생각에 젖어들었다. 그는 오모크에 대한 어린 시절의 추억을 되새기며 중얼거렸다.

"탁월한 선택은 지혜로운 경험에서 나와."

오모크에 대한 그의 생각이 이어진다.

"저 멀리 있는 나의 탄생지 오모크는 포식자들이 없어서 안전한 곳이야. 하지만 세상에서 가장 추운 곳으로 아주 위험한 곳이기도 하지."

선조 펭귄들의 수난

이때 아바바가 속해 있는 무리의 행군이 잠시 멈춰졌다. 동료 펭귄들이 지저귀며 앞뒤를 오간다. 무슨 일인가 싶어 앞으로 달려간 아바바는 곧 사실을 알아차렸다. 펭귄 두 마리가 크레바스 아래로 떨어져 다시 올라오려고 발버둥치고 있었다. 아바바는 그 동료 펭귄들을 바로 도울 수 없어 안타까웠다. 비교적 경사가 있었지만 그 속의 펭귄들은 힘겨운 날갯짓과 점프로 빠져나오려 안간힘을 다 쓴다. 틈새의 높이가 그들 키의 열 배나 될 정도로 쉽게 올라오기 힘든 절벽 틈새였다. 얼음이 갈라져 생긴 그 틈은 눈으로 덮여 있어 미처 그들이 눈치채지 못하고 그만 빠져버린 것이다.

"얼음 절벽이 아주 깊어."

"용기를 내! 나올 수 있어."

얼음 벽을 올라타도 자꾸 미끄러질 뿐 올라서기가 무척 힘든 모양새다. 한 마리의 펭귄이 얼음 턱 중간으로 올라서서 마지막 안간힘을 쓴다. 그리고 그 벽을 거의 다 올라와 부리를 지팡이 삼아 얼음 턱의 바깥 부분을 찍어 상체를 들어 올렸다. 다행스럽게도 그는 얼음 벽을 올라 간신히 밖으로 나왔다. 나머지 한 마리는 울음소리를 내며 바둥거리지만 계속 얼음 벽에서 미끄러지기만 한다. 그는 끝도 없는 시도를 계속한다.

"저런! 다쳤나 봐. 쯧쯧! 날개에서 피가 흐르고 있어!"

그를 지켜보던 펭귄들이 고개를 돌려 그 모습을 안타깝게 여겼다.

그 펭귄은 몇 번이고 다시 빠져나오려고 시도를 했지만 쉬운 일처럼 보이지 않았다. 왼쪽 날개에서는 피가 한없이 흘러나와 바닥을 적신다. 하얀 얼음 바닥과 뛰어오르려 부딪히는 벽에 핏자국이 선명하다. 이런 상황이 벌써 몇 시간이나 흐르고 날이 어두워진다. 이 모습을 애처로이 바라만 볼 수밖에 없던 펭귄들이 이제는 한두 마리씩 길을 떠난다. 가던 길을 무작정 지체할 수 없었기 때문이다.

"더 힘을 써 봐. 넌 해낼 수 있어."

"저쪽 벽으로 시도해 봐."

펭귄들은 이렇게 조언을 하고는 모두 행렬 속으로 떠나갔다.

'그가 무사히 얼음 틈새에서 탈출하길 빌어.'

아바바도 남은 한 마리 펭귄이 그 갈라진 얼음 절벽으로부터 무사히 빠져나와 뒤따라오길 기대한다. 위험스런 상황에 처한 그 펭귄은 스스로의 힘으로 빠져나와야만 한다.

"그의 운명은 그에게 달려 있어."

얼음 틈새 아래 있는 그 펭귄은 이제 탈출을 포기한 듯 바닥에 서서 구슬프게 울고 있다. 그가 빠져나올 희망은 이제 없는 걸까. 그 자신의 힘으로는 절벽 위로 탈출하는 것이 어렵지만 아직 한 가지 희망이 남아 있다. 갈라진 얼음 절벽에 갇힌 채 그가 바랄 수 있는 것은 얼음 평원 위로 세찬 바람이 불기를 기대하는 것이다. 세찬 바람이 몰아쳐 그가 갇힌 크레바스 안으로 눈덩이가 쏠려 떨어지기를 기다리는 수밖에 없다. 운이 좋다면 쏟아진 눈을 발판 삼아 거기서 빠져나올 수 있을지도 모른다. 하지만 그런 행운이 그에게 따르지 않으면 그는 피를 흘리고 갈라진 얼음 절벽 아래서 죽음을 맞이할 수밖에 없다. 그 위험한 크레바스 주변에 있는 펭귄들은 왼쪽 날개에서 피를 흘리는 그를 바라보며 그에게 그런 행운이 빨리 오기를 염원한다. 하지만 그들은 불쌍한 펭귄을 그대로 두고 곧 그 자리를 떠나가야만 한다는 걸 안다. 앞서 가는 길에 더 큰 위험이 도사리고 있을지 모르니 모두가 긴장한다. 얼음 평원을 건너기 시작한 지 3일 만에 벌어진 일이다. 눈과 얼음으로 뒤덮이고 곳곳에 크고 작은 크레바스가 존재하는 얼음 평원을 가로질러 가는 일은 결코 쉬운 일이 아니므로 뜻하지 않는 위험은 언제 어디서나 일어나기 마련이다. 일어나는 위험을 무조건 피하려 하기보다는 어떻게 대처할까를 생각하는 것이 훨씬 낫다.

아바바는 트래디로부터 들었던 이야기를 다시 생각한다.

"다시 한 번 이야기해 주세요, 트래디."

트래디가 자상하게 이야기를 이어 갔다.

"조상들로부터 전해 오는 이야기가 있단다. 아주 먼 옛날 그곳이 아직 숲이 우거진 곳이었지만 날씨가 추워져 사방 천지가 얼음으로 서서히 덮여 가던 어느 날이었지. 갑자기 크고 기다란 한 줄기 빛이 하늘을 가로질러 지금 우리가 '오모크'라고 부르는 곳에 떨어졌단다. 붉고 거대한 연기와 함께 섬광이 번쩍이더니 마치 세상이 끝나는 것처럼 모든 것이 불길에 휩싸이게 되었지. 대다수의 펭귄들도 그 불길을 피하지 못하고 죽고 말았어."

아바바는 몸을 움츠리며 무서운 기분에 젖는다. 이야기를 전하던 트래디의 음성이 슬프게 들렸다.

"다행스럽게도 몇몇 펭귄들은 살아남았지. 그때만 해도 우리 펭귄들은 날 수 있는 커다란 날개를 지니고 있었거든. 급히 하늘을 날아 피신한 소수 펭귄들만이 목숨을 구했어. 슬픈 일이었지만 모두 그곳을 떠나야 했었지. 상상하기조차 힘들 정도로 아주 오랜 옛날 벌어진 이야기란다."

"와, 하늘을 날 수 있었어요?"

아바바는 그 불길이 무엇이었는지, 왜 일어났는지 도저히 상상으로는 알 수 없었다. 아바바는 그들이 날 수 있던 시절이 있었다는 것이 흥미로웠고 그 사실에 관해서 호기심이 크게 생겼다.

"커다란 한 줄기 빛이 과연 뭘까?"

그는 고개를 돌리며 나지막이 중얼거렸다.

그는 눈보라를 뚫고 자신이 태어나고 자랐던 오모크를 향해 발걸음을 재촉하고 있다. 그곳을 떠나온 지 벌써 3년이 흘렀다. 그는 지금 그리운 그의 고향으로 가고 있다. 그곳에서 생애 처음으로 부모가 될 것이다!

"가자, 나의 고향으로!"

"길을 가다 잠시 멈추어 서서 눈을 가늘게 뜨고 빙원을 바라보면 푸른 빛이 새어 나오는 곳이 있지. 그곳이 바로 우리가 찾는 오모크야."

아바바는 트래디가 들려주던 한 가지 이야기를 떠올렸다.

"우리는 바닷가를 떠나 이렇게 오모크를 향해 가지. 그럼 그 끝에 오모크가 있어. 하지만 모든 것이 오모크에서 끝나는 것은 아니란다."

"끝이 아니라고요?"

펭귄 트래디가 다시 부리를 들고 말한다.

"이 길을 따라 한 방향으로만 계속 가면 오모크가 나오고 또다시 가면 바다가, 그리고 다시 전진하면 오모크가 있다면 영원히 계속 도는 셈이지. 즉 거기서 발걸음을 되돌리지 않고도 끊임없이 바다와 오모크를 가는 방법이 과연 있을까?"

아바바는 방법을 찾는 것은커녕 우선 그 말의 의미를 잘 파악하기조차 힘들었다.

"현실이든 가상이든 모든 걸 생각해 봐."

그가 아바바에게 말했다.

"네가 다르게 생각하면 세상이 너에게 그 변한 모습을 보여 줄 수도 있어. 그건 원래 존재하지만 보이지 않는 것들을 찾아내려는 노력의 첫 발걸음이지."

아바바는 앞에 선 펭귄과 뒤에 선 펭귄 그리고 끊임없이 전진하는 것에 대한 생각을 하며 하얀 눈 덮인 얼음 평원을 응시한다.

'과연 그것이 무슨 뜻일까?'

그는 날개를 앞뒤로 퍼덕이며 고개를 오르내리며 생각한다.

'끊임없이 그 둘 사이를 돌고 돈다고?'

'두 지점을 오고 가는데 지나온 길로 되돌아가지 않고 끊임없이 앞으로만 이어지는 길로 가려면 과연 무엇을 바꾸어 생각해야 할까?'

'앞으로만 전진하는 데도 그 둘 사이를 오고 간다는 건 뭘 말하지?'

아바바는 펭귄 트래디가 말한, 보이지 않는 것들에 대한 궁금증에 더욱 깊이 빠져들었다. 오모크로 향하는 발걸음을 재촉하면서도 아바바는 그 생각에 잠기며 얼음 평원을 가로질러 가고 있다.

2. 사랑 그리고 새로운 탄생

펭귄 아바바는 걷고 또 걷는다.

머나먼 오모크를 향해서!

　펭귄들이 길을 나선 지 벌써 7일째다. 드디어 얼음 평원의 한가운데로 들어섰다. 아바바 일행은 여기까지 오는 동안 내내 무엇인가 모를 불안감과 동시에 기대감을 갖고 추운 눈보라 속을 뚫고 꾸준히 길을 가고 있다. 앞을 한 치도 볼 수 없을 정도로 강한 눈바람이 부는가 하면 길이 평탄하지 않아 동료 펭귄들이 얼음 크레바스 밑으로 굴러 떨어지기도 했다. 편안한 여정이란 애초 생각하기조차 힘든 고난의 길을 가는 수도사처럼 그들은 걷고 또 걷는다. 하지만 펭귄 아바바는 발걸음이 계속될수록 가슴속 깊은 곳으로부터 작은 희망이 몽실몽실 피어 오르는 걸 느낀다.

"힘들지만 잘 가고 있어."

"언제까지 가야 하는 거지?"

"얼음 벽 틈새에 갇힌 그가 잘 빠져나왔을까?"

그들은 이렇게 서로 위로와 걱정에 싸여 대화를 나누며 그 넓이를 가늠하기 어려운 광대한 눈평원을 가로질러 가고 있었다. 힘든 고난의 여정 속에서도 그들은 한마음으로 똘똘 뭉쳐 있다.

아바바가 부리를 열며 중얼거렸다.

'완전히 평탄한 지역으로 나왔어.'

얼음 웅덩이가 많았던 지역을 벗어나 평평한 지형이 나오자 펭귄들이 배를 깔고 편안한 자세로 전진하며 외쳤다.

"끄끄끄, 이제 거의 다 왔어! 저 멀리 보이는 빙벽 아래가 바로 우리가 찾아가는 오모크야!"

그 말을 듣고 또 다른 펭귄이 지저귄다.

"얼음 평원 멀리 빙원으로 솟아오른 암벽 산봉우리도 보이고 있어."

"저 아래로 서둘러 가자!"

얼음 평원이 거의 끝나는 지평선 멀리 까마득히 까만 점으로 누나탁(nunatak)이 보이기 시작했다. 누나탁은 풍화를 견딘 암벽이 빙하 지역의 만년설 위로 남아 있는 정상 봉우리를 말한다. 이 빙원 아래 땅이 존재함을 알려 주는 증거다. 펭귄들은 거기까지 가지 않아도 바로 눈앞에 보이는 평원 위에 우뚝 솟은 커다란 얼음 절벽 아래까지 전진하면 된다.

그 얼음 절벽은 윗부분이 평평한 테이블처럼 되어 있고 눈평원에 솟아 오른 울타리가 되어 눈과 바람이 가득한 평원의 유일한 바람막이로 그 들을 보호해 줄 것이다.

아바바도 배를 깔고 계속 전진하며 생각했다.

'우리의 선조들은 수많은 세월을 오모크로 행진해 오지 않았는가? 나 도 그들처럼 할 수 있어. 이건 그저 걷는다는 행위가 아니야. 나의 핏 속에는 우리 선조들의 영혼이 흐르고 난 그 영혼을 이제 태어날 새끼 들에게 전해 주고 싶어. 난 그걸 이으려 다시 돌아온 거야. 그리고 이 건 아무나 할 수 없는 일이 아니지. 참으로 숭고한 일이야!'

아바바는 이렇게 다짐하며 배를 깔고 미끄러지듯 가다가 다시 두 발

로 일어서 걷고 또 걸었다. 이것이 펭귄들이 장거리를 이동할 때 쓰는 방법이다. 두 발로 서서 걷는 펭귄이 있는가 하면 갑자기 걸음을 멈추고 배를 깔고는 미끄러지듯 길을 가는 펭귄들도 여기저기에 나타났다. 매우 재미있어 보인다. 이런 모습은 마치 날씬한 보트가 수면을 가르고 헤쳐나가는 것과 같다. 평화로움이 그들 사이에 가득하다.

이 고요한 평화로움 속에는 아주 신비한 현상이 숨어 있다. 수만 년 동안 형성되어 온 눈얼음 위에서 펭귄들은 긴 여행을 한다.

펭귄들이 걷는 바로 아래로 존재하는 얼음의 두께는 무려 3,000여 m에 이른다. 그 얼음 아래 남극의 땅이 숨어 있다. 수십만 년 전에 얼음으로 덮이기 시작한 이 땅은 아직도 그 모습을 드러내지 않고 있다. 꼭꼭 숨어 있어 신비로우면서도 기나긴 세월의 시간을 가두어 둔 곳이 바로 끝없이 얼음이 존재하는 이곳 남극 대륙이다.

그 남극 대륙의 빙원을 가로질러 서식지로 향하는 황제펭귄들의 행동은 매우 신비로운 발걸음이다. 그들이 알을 낳고 새끼를 키우는 그 보금자리가 오모크이다. 겨울이 시작되는 계절에 그들은 얼음 해안을 떠나 이곳 오모크로 몰려든다. 그들은 오모크에서 종족 번식을 위한 짝짓기와 사랑을 나누고 알을 낳는다.

남극의 생태

남빙양을 포함하는 남극권은 지구 전체 면적의 6.8%에 불과하지만, 여기에는 지구 상에서 가장 춥고, 바람이 세며, 건조하고 또한 가장 고도가 높은 대륙이 존재하고 있다. 뿐만 아니라 대륙에는 지구에 존재하는 담수의 70% 이상이 만년빙의 형태로 보관되어 있다. 만약 이 빙하가 전부 녹는다면 해수면이 지금보다 60m 이상 상승하여 지구 상 대부분의 인간이 살고 있는 해안가 대도시들은 모두 물속으로 사라질 것이다.

남극해를 다른 대양들과 구분하고 또한 남극해의 환경 특성을 결정짓게 하는 가장 주된 요인 중의 하나가 빙붕(ice shelf)이나 편평한 모양의 거대 산(iceberg)과 같은 바다에 떠 있는 얼음 즉, 해빙의 존재일 것이다.

해빙의 분포와 계절 변화는 선박, 극초단파 방사(microwave radiation), 인공위성 등을 이용하여 지속적으로 관찰되어 왔다. 그 결과, 평균 얼음 분포와 해빙 지역의 성장이나 붕괴 등에 대해 수많은 새로운 정보가 얻어졌다. 인공위성 자료에 의하면 해빙의 성장과 붕괴는 수년간 유사한 경향을 보이고 있으나 좀 더 자세히 관찰해 본 결과 성장과 붕괴가 단순히 남북 방향으로 진행되거나 후퇴하지 않는 것으로 밝혀졌다. 또한 웨델 해에서 해빙의 성장과 붕괴는 대기와 해양 순환에 의한 영향을 강하게 받는 것으로 밝혀졌다. 남극해를 덮고 있는 해빙은 남극의 겨울철에 빠르게 성장하며 반대로 여름철에는 빠르게 붕괴하는데, 해역을 덮고 있는 해빙 면적의 변화는 2

~3월이 가장 작고 8~10월이 가장 크게 나타나며 이들 두 시기에는 해빙의 75~80%가 녹거나 얼어붙는다. 이는 해빙 면적이 연중 20~25%로 거의 변화가 없는 북극해와는 사뭇 다른 양상으로, 북극해에서는 해빙의 대부분이 여러 계절에 걸쳐 남아 있게 되며 두께 또한 2~4m로 매우 두꺼운 반면 남극해의 해빙은 심한 계절 변화를 보이며 그 두께도 1~2m 안팎이기 때문이다. [극지연구소 자료]

아바바는 눈보라 속을 걸으며 그 자신을 달래고 영하 수십 도의 추위를 견디며 행진해 마침내 눈 덮인 얼음 평원의 한가운데 우뚝 섰다. 열흘하고도 사흘 밤낮 동안 쉬지 않고 걸었다.

"자, 여기가 바로 우리들의 오모크다!"

펭귄들이 도착한 오모크가 눈앞에 펼쳐진다. 이 지형은 거의 평탄해 보이지만 가까이 살펴보면 조금 경사진 구릉이 있는가 하면 여기저기 눈에 쓸려 크고 작은 얼음덩어리들이 쌓인 곳도 보인다. 아주 가까운 거리에는 거대한 산을 이루는 얼음 절벽이 서 있어 대륙에서 불어 오는 바람을 막아내고 있었다. 내륙에서 불어닥치는 바람은 매섭게 바닥을 쓸고 지나가고 하얀 빛으로 빛나는 눈과 얼음이 연출하는 아름다운 절경을 이루고 있다.

"모두 여기서 멈추자!"

다른 펭귄들에게 둘러싸인 펭귄 트래디가 목을 길게 뻗으며 부리를 높이 들고 선언했다.

"우리 펭귄 새끼들이 여기 오모크에서 태어나고 자랄 것이다."

펭귄들이 바다로부터 와 터전을 잡은 이곳은 그들만의 서식지 오모크다. 펭귄들은 여기서 추운 겨울을 보낸다. 펭귄들이 겨울철을 보내는 이곳 오모크는 수컷 펭귄과 암컷 펭귄이 사랑을 나누고 알을 낳고 새끼를 기르는 생기가 넘치는 탄생의 장소다.

오모크는 펭귄이 태어나고 자라난 곳으로, 새끼들의 생존을 성공시키기 위해 혹독한 환경도 마다 않고 스스로 선택한 아주 독특한 산란 장소다. 한때 새끼 시절을 여기서 보냈던 펭귄의 기억 속에는 강추위와 눈보라가 마음속 깊이 새겨져 있어 그곳이 얼마나 매서운 곳인지를 이미 알고 있다. 다 자란 수컷과 암컷이 여기서 만나 사랑하고 알을 낳고 새끼를 부화한다. 조상들의 습성을 따라가는 생물적 본능이다. 그것은 바로 윗세대로부터 배우지만 그러한 본능적 행동은 실상 수십만 년 전에 이미 형성된 것으로 현재 벌어지는 행위적 본능은 과거에 대단히 밀착되어 있다. 또한 기나긴 세월에 걸쳐 전해 온 유전자가 심어진 결과다. 그들의 발걸음 하나 하나에도 선조들의 강인한 유전자가 그 힘을 발휘하는 습성이 들어 있다. 남극 대륙에 겨울이 오면 얼음 해안을 떠나 강추위와 눈보라를 견디며 더 추운 내륙 깊숙한 곳 오모크로 몰려드는 것도 바로 그런 이유 때문이다.

이곳 오모크는 또한 슬픈 과거가 있는 장소이기도 하다.

"자, 선조 때부터 전해지는 이야기를 하나 들려줄까?"

트래디는 그 전설적인 이야기를 다음과 같이 자세히 전했다.

선조들의 호수

"어느 날 하늘 저편에서 기다란 연기와 더불어 섬광이 대지를 휩쓸고 지나가자 수많은 펭귄들이 죽고 말았어. 땅은 아주 거대하게 움푹 파이고 온 주변은 불바다로 변해 버려 모든 생명체들이 거의 다 죽고 말았어. 다행히 살아남은 펭귄들도 그곳을 다 떠나갔지. 그 후 오랜 세월이 흐르자 이곳은 커다란 호수로 변해 버렸어. 살아남은 펭귄들이 하나 둘씩 돌아와 죽은 펭귄들을 추모하며 그리워했지. 그 후로도 수많은 세월이 흘렀지만 우리 조상들은 선조들을 잊지 못해 일정한 시기가 되면 호수로 돌아와 잠시 머물러 있게 되었단다. 아직 이 땅이 지금처럼 얼음 대륙으로 변하기 전이었지."

"그런데 이곳이 왜 이렇게 추운 곳이 되었지요?"

아바바는 얼음만 존재하는 오모크를 바라보며 말했다.

"이 오모크 아래 뭔가 존재하고 있고 그곳에서는 푸른빛이 나오고 있단다."

트래디가 부리로 날개를 다듬으며 말했다.

"아, 여기 오모크가 조상들을 추모하는 장소였구나!"

아바바가 재빨리 말을 이으며 다음 이야기를 기다렸다.

아무튼 알을 낳고 먹이를 구하러 암컷 펭귄들이 다시 떠나고, 겨울 눈폭풍 속에서 알을 부화시키고 어린 새끼를 길러야 하는 펭귄들의 터전이 바로 이 오모크다. 아바바는 트래디가 얘기한 전설 속의 호수는 신비한 푸른빛이 새어 나오는 곳이란 걸 알았지만 그는 아직도 그 빛을 본 일이 없어 그 사실이 매우 궁금했다.

과학자들은 남극 대륙에 집단으로 거주하는 황제펭귄의 서식지 44곳을 알아냈다. 그들은 인공위성을 이용해 남극 대륙 전체를 촬영한 뒤 눈 위에 갈색으로 얼룩진, 구아노(guano)로 알려진 펭귄들의 배설물을 관찰하는 방법으로 하늘 높이서 펭귄들의 이동 경로나 서식지를 면밀히 살피고 있다. 신비스런 오모크의 비밀이 눈보라 속에서 인간과 포식자들로부터 잘 보호되고 있지만, 그 신비로움과 신성함은 하늘로부터 서서히 열리고 있다. 놀랍게도 황제펭귄은 남극 대륙의 전 연안에 분포하고 곳곳에 그들만의 은밀한 서식지를 갖고 있다.

겨울이 오고 바다가 얼기 시작하면 펭귄은 내륙에 위치한 서식지로 몰려간다. 짝짓기와 종족 번식을 위한 그 서식지에선 한겨울이 지나면 또 한 무리의 펭귄 무리가 새로 탄생하고 봄이 되면 그들 무리는 일제히 바다로 나가 삶의 터전을 잡는다.

눈 덮인 빙원에서 아바바는 부리를 높이 쳐들고 목청을 가다듬고 길게 울음소리를 냈다.

"끄윽, 끄으윽, 끄르륵."

처음엔 다소 거칠었지만 이내 그의 목소리는 그가 목을 움직일 때마다 새로운 리듬감을 탔다. 암컷 펭귄 몇몇이 그의 그런 모습을 아까부터 관심을 갖고 지켜보고 있었다.

"여기 멋진 수컷 펭귄이 있어!"

"목청이 참 좋아."

"부리에서 윤이 나."

아바바를 둘러싼 암컷 펭귄들이 그를 보고 재잘거린다.

한편 트래디는 어디론가 가버렸다. 아마 수년 전에 만났던 암컷 펭귄을 찾고 있는 걸까. 사실 서로를 알아보고 다시 만난다면 얼마나 좋을까! 만약 그 짝을 못 만난다면 새로운 암컷 펭귄을 찾아야 한다. 종족 보존을 위해 적절한 암컷을 만나는 것이 아주 중요하다. 그런 본능은 짝짓기나 종족 번식을 위하여 필요하며 펭귄은 그 본능에 충실히 따른다. 우렁찬 소리로 울고 부리를 다듬고 어깨를 부풀려 자신감을 보이며 온 몸짓을 다 동원해 좋아하는 상대를 고르는데, 짝을 짓는 상대를 찾기 전 치열한 탐색전이 벌어진다. 짝짓기 상대를 고르는 일은 생각대로 되는 쉬운 일이 아니다. 온 세포가 집중하여 몰두하여 짝짓기 상대를 살핀다.

그리고 그 수컷 펭귄과 암컷 펭귄은 한 해 동안 서로만을 사랑하고 서로만을 보살피게 된다. 사랑을 나눌 수 있는 상대가 있다는 것은 참 행복한 삶이다.

펭귄 아바바의 사랑

아바바는 고개를 좌우로 돌려 살펴보고 곧 깨달았다.

주변에 자신과 같은 수컷보다 암컷들이 훨씬 더 많음을 알아차리고 그는 속으로 다행이라 여기며 잠시 여유를 갖고 목청을 가다듬으며 암컷들을 살펴보았다.

아바바는 그를 둘러싸고 있는 암컷 펭귄들 가운데 가장 윤기가 흐르며 까만 등털을 지니고 아름다운 울음소리를 내는 암컷 펭귄에게 다가서며 은근히 관심을 나타냈다.

"와, 세상에서 가장 아름다운 펭귄이야!"

그는 날개를 활짝 펼치며 그 암컷 펭귄을 바라보며 속으로 감탄했다. 그들이 사랑에 빠지는 건 순간적인 서로에 대한 끌림이었다.

그런데 그 암컷 주변에는 이미 몇몇 수컷 펭귄들이 있었다. 그중 건장해 보이는 수컷 펭귄이 그 암컷 펭귄을 보며 열심히 구애의 울음소리를 내고 있었다. 아직 암컷 펭귄은 수컷의 울음소리를 듣고 있을 뿐 별

다른 반응을 보이지 않았지만 그 수컷은 암컷 펭귄 옆에 서서 어서 나의 사랑을 받아 달라는 듯 아주 구성진 목소리로 울어댔다. 아바바는 잠시 그 모습을 바라보다 자신도 빨리 맘에 드는 짝을 찾으려 그 자리를 막 떠나려 했다. 순간 갑자기 수컷 펭귄이 구애의 노래를 멈추고 암컷 펭귄의 주변을 돌며 고개를 갸우뚱거린다. 그리고 수컷 펭귄은 고개를 들어 하늘 높이 울음소리를 내더니 암컷 펭귄을 그 자리에 두고 떠난다.

'왜 그러지?'

아바바가 호기심에 가득 차 홀로 남은 암컷 펭귄을 주시했다. 암컷 펭귄은 낮은 울음소리를 내며 고개를 연신 휘젓는다. 그리고 암컷 펭귄은 기지개를 켜며 날개를 들어올린다. 그런데 한쪽 날개를 잘 펼치지 못하고 이내 몸통에 붙이고 만다. 저런! 암컷 펭귄의 왼쪽 날개에 기다란 상처 자국이 보인다. 아마 그 수컷 펭귄은 이 상처를 보고 다른 암컷 펭귄에게 가버린 모양이다.

'맞아. 며칠 전 얼음 절벽의 틈새에 갇혔던 그 펭귄이 틀림없어!'

아바바가 암컷 펭귄의 왼쪽 날개에 난 상처를 알아보고 외쳤다.

'어떻게 빠져나왔을까? 마침내 해냈구나!'

아바바는 암컷 펭귄을 알아보고 무척 기뻐서 바로 그에게 다가섰다. 암컷 펭귄의 왼쪽 날개에 상처가 있고 아직도 날갯짓을 하는 데 불편함을 느끼는 듯 보였지만, 아바바는 그 암컷 펭귄이 다행스럽게 얼음 절벽 틈새를 탈출해 오모크까지 무사히 따라온 것이 놀라워 감탄을 금치 못했다. 아바바의 눈에는 행운이 뒤따른 암컷 펭귄이 아주 용기 있고 아름다워 보이기까지 했다. 그는 순간 암컷 펭귄에 대한 사랑의 감정이 가슴 속 깊은 곳에서 치밀어 오르는 걸 느꼈다.

사랑에 빠진 펭귄 아바바에겐 그 암컷 펭귄이 하얀 눈보다도 훨씬 아름답게 빛난다고 생각되었다. 그는 이 세상 모든 아름다움이 그 암컷의 울음소리에 다 들어 있다고 느꼈다. 예전엔 사랑이 이렇게 들뜨게 만드는 것인 줄 몰랐지만 그는 그 암컷 펭귄을 보는 순간 이제 그 사랑의 힘을 흠씬 느낀다. 그의 온 신경을 깨우는 사랑은 아바바가 알을 깨고 이 세상에 나온 후 처음이었다.

그는 그 암컷 펭귄의 마음을 끌기로 작정했다.

"당신은 참 아름답군요."

아바바가 그 암컷 펭귄 옆으로 다가가 속삭였다.

"아주 멋지신데요, 당신도."

암컷 펭귄이 고개를 흔들며 아름다운 울음소리로 답한다.

서로 한동안 울음소리로 탐색을 하고 있었다. 이윽고 펭귄 아바바가 용기를 내어 그 암컷 펭귄에게 바싹 다가섰다. 다가서는 것이 제일 먼저 할 일이다. 아바바가 그의 목을 암컷의 목에 맞대며 비비자, 암컷 또한 부리를 하늘 높이 쳐들며 *"끄윽 끄끄끄!"* 소리를 냈다. 아바바는 암컷 펭귄의 날개에 난 상처쯤은 상관 없었다. 오히려 날갯짓이 불편한 암컷 펭귄을 안쓰러워하며 사랑으로 이겨낼 수 있다고 마음 먹는다.

"사랑이 있다면 모든 걸 감싸 안을 수 있어!"

서로 거부감도 없이 즐거워하며 상대를 향해 고개를 십여 차례 부비며 감정을 확인한다. 그것은 마치 "나의 상대로 당신을 받아들이겠어요."를 말하는 몸짓 언어다. 이렇게 한 쌍의 행복한 펭귄 연인이 생겨났다. 행복을 느낀 아바바는 기뻐서 날개를 마구 흔들었다.

그들의 사랑은 '펭귄 피트' 속에서 싹을 틔웠다. 사랑의 춤!

아바바는 이제 그 암컷 펭귄과 함께 다니고, 그 암컷 펭귄과 함께 춤을 추고, 그 암컷 펭귄과 함께 노래 부르고 그 암컷 펭귄과 함께 사랑을 속삭인다. 다른 암컷 펭귄이 지나가다 그를 향해 구애의 노래를 부르기도 하지만 그는 들은 척도 하지 않는다.

"당신이 내게는 온 세상의 전부야."

암컷 펭귄의 귀에 대고 아바바가 속삭인다. '그에겐 그 암컷 펭귄만이 그 암컷 펭귄에겐 그만이 사랑의 전부다' 라고 하면서 사랑의 밀어가 오고 간다.

아바바와 암컷 펭귄은 서로의 소리와 동작과 작은 눈빛마저도 알 수 있는 교감이 이루어지자 수천의 무리 속에서도 서로 상대를 찾아낼 수 있게 되었다. 서로에 대한 사랑의 힘을 느끼기 때문이다.

"끄으윽 끄으윽 끄끄끄끄"

둘은 기쁨 속에서 서로 마주 보며 사랑의 합창을 불렀다. 아바바와 그 암컷 펭귄은 서로를 위한, 이 세상에서 가장 아름다운 춤을 추었다.

"항상 네 곁에 있을 거야!"

그는 암컷 펭귄을 만나 추위를 함께 이겨내며 사랑을 속삭일 수 있다는 사실에 아주 뿌듯한 기대감과 행복함에 젖어들었다.

펭귄 아바바에게 이제 삶은 변했다.

'세상은 그대로인데 내가 행복감에 젖은 마음으로 세상을 보자, 세상은 나에게 다르게 변해 다가섰네. 마음이 세상을 바꾼다고 말할 수 있다면 나는 이미 다른 세상에 살고 있는 셈이야.'

그는 어미 펭귄으로부터 받았던 사랑과는 다른 뭔가 형용 못할 기분을 느낀다. 그는 사랑의 힘으로 온 세상을 얻었다!

'펭귄 피트!'

그들은 이 말에 어울리는 달콤한 대화를 나누고, 기쁜 사랑의 춤을 춘다. 아바바는 암컷 펭귄과 사랑에 빠지자 온 세상을 얻었다고 날개를 화들짝 펄럭이며 얼음판 위를 내달렸다. 그리고 그는 그 암컷 펭귄의 이름을 짓고 "지니"라고 정했다. (펭귄 아바바 이야기를 하면서 그들을 부르는 이름에 대해 무척 고민스러웠다. 이름이 갖는 분위기 때문이다. 아무튼 여기에서는 '…을 낳는다'는 의미의 단어 젠(gen-)에서 따온 '지니(Gennie)'라는 이름으로 암컷 펭귄을 부르기로 했다. 그 이름 '지니'는 아버지와 어머니의 끝 음절 '지'와 '니'가 합친 말도 되니 무난한 이름이지 싶다.)

아바바는 머나먼 바다로부터 오모크로 오는 동안 짝이 될 암컷 펭귄에 대해 여러 가지 생각을 하며 한편 걱정도 많이 들었었다.

'과연 어떤 암컷 펭귄을 만나게 될까?'

'그 암컷 펭귄이 나의 노래를 들어줄까? 아니면 그냥 달아나 버릴지도 몰라. 그러면 어떻게 해야 되지?'

아바바는 만나게 될 암컷 펭귄에 대한 기대감과 걱정스러움을 동료 펭귄에게 털어놓았다. 그 동료 펭귄은 이미 수년 전에 예쁜 암컷 펭귄을 만난 적이 있는 수컷 펭귄이었다.

그가 목을 저으며 아바바에게 말했다.

"넌 처음이라 어색하겠지만 곧 본능적으로 알게 될 거야."

그는 잠시 날갯짓을 하더니 말을 이어 간다.

"누군가를 만나기 위해서는 우선 진실된 마음을 지녀야 되지. 그리고 열망도 필요해. 흔히 겉모습만 보고 빠져들지만 우선 필요한 게 있어. 우선 네 목청을 가다듬고 울음소리를 내고 암컷 펭귄에게 다가가 봐."

"아, 울음소리로 그 암컷 펭귄의 마음을 알 수 있을까?"

아바바의 물음에 그가 답했다.

"그렇게 쉽게 되는 건 아니야. 우선 네 날개와 털을 잘 다듬은 다음에 그 암컷 펭귄 앞에 서서 노래를 불러야 돼. 마음 가득 사랑과 열망을 채운 네 울음소리를 들려줘야 되지."

그는 까만 등털을 으쓱하며 말을 이었다.

"암컷 펭귄의 눈을 보며 네 마음껏 노래를 불러. 그 암컷 펭귄이 널 바라보는 눈빛을 보면 넌 조금씩 그 암컷의 마음을 알 수 있게 되지."

"아, 나의 사랑이 그 암컷에게 받아들여지는가를 알 수 있겠군."

아바바가 물어보자 그가 부리를 끄덕였다.

"그게 사랑의 출발이 되는 거야."

그 펭귄의 말에 아바바는 자신감을 키웠었다.

이랬던 아바바가 이제 암컷 펭귄과 더불어 오모크의 이곳 저곳을 오가며 사랑의 춤과 밀어를 나눈다.

"사랑은 신비한 힘을 주나 봐. 수많은 울음소리 중에 그녀의 소리를 또렷이 들을 수가 있어. 그 곁에만 있어도 내가 날아오르는 듯한 기분이야."

아바바가 암컷 펭귄을 만나 사랑하고, 둘 사이엔 아주 특별한 관계가 이루어지자 그들은 서로가 한몸처럼 느낀다.

"난 당신 땜에 참 행복해!"

부리를 이리저리 흔들고 있는 암컷 펭귄을 바라보며 아바바가 바싹 다가서며 구성진 울음소리를 낸다. 축복받을 일이다! 행복한 한 쌍의 펭귄 연인들! 아바바와 지니의 사랑! 그들이 사랑을 나누고 오모크에 6월이 오자, 뽀얗고 아주 예쁜 알 하나가 세상 밖으로 나왔다.

아바바가 속한 황제펭귄의 무리는 오모크라는 서식지에 모여 짝짓기를 한다. 이때 '펭귄 피트'라는 춤을 추며 서로의 짝을 찾는 구애 활동을 한다. 추운 겨울에 추위를 무릅쓰고 이 무리가 알을 낳는 이유가 있다. 알에서 부화된 새끼 펭귄들이 천적이 없는 안전한 곳에서 6개월 정도 부모 펭귄들의 보살핌을 받고 자란다. 그리고 남극 해빙기가 다가와 얼음이 녹아 한층 더 가까워진 여름철 바다로 쉽게 나가 먹이를 섭취할 수 있기 때문이다. 오모크에서는 일반 조류와는 달리 수컷 펭귄들이 알을 품어 부화시키며 암컷 펭귄들은 산란한 알을 수컷 펭귄에게 넘긴 뒤 바다로 나가 몇 달 동안 먹이 활동을 하고 몸에 가득 펭귄 밀크를 채워 다시 돌아온다. 이후 다시 수컷과 암컷이 교대로 바다로 나가 새끼 펭귄을 위한 펭귄 밀크 축적 먹이 활동을 한다. 이렇게 보기 드문 그들만의 삶의 방식이 수많은 세월 동안 이어져 오고 있다. 인간들이 펭귄들의 이러한 보살핌과 자기 희생적인 헌신적 사랑에 감동받으며 펭귄의 삶과 환경을 해치지 않으려 노력하는 이유 중 하나가 바로 펭귄의 삶의 방식에 있다.

아바바는 지금 '트래디의 수수께끼'에 대한 궁금증에 몰두하며 깊은 생각에 잠겼다.

"우리가 바다에서 출발하여 오모크로 오면 이곳에서 멈추게 되지. 하지만 멈추지 않고 계속 갈 수 있는 방법이 없을까? 영원히 계속해서 전진하는 길이 있을 거야. 아바바, 그걸 생각해 낼 수 있겠니? 그건 조

상 대대로 아주 현명한 펭귄에게만 이어져 내려오고 또 후손에 이어지게 되는 아주 조심스런 비밀이란다."

트래디의 이야기를 듣고 아바바가 물었다.

"여기 오모크에서 멈추지 않고 어디로 더 가야 하나요?"

"예전에 말한 그 호수로 가는 길이지."

펭귄 트래디는 이렇게 말하고는 한 가지 힌트도 같이 말해 주었다.

"자. 저 평원을 면이라고 가정하고, 우리는 그 면의 중앙을 지나는 선이라고 생각해 봐. 어떻게 하면 그 선이 끊기지 않고 영원히 계속 나갈 수 있을까?"

아바바는 트래디의 말 속에서 뭔가 숨은 해결책을 찾아보려 계속 '트래디의 수수께끼'에 대해 생각하고 있지만 아직은 전혀 알 수 없었다.

아바바는 우선 머릿속에 든 생각을 구체화해서 풀어 보기로 했다. 그는 하얀 눈 위를 갸우뚱갸우뚱 걸으면서 가로가 무척 길고 세로가 짧은 긴 직사각형을 눈 벌판 위에 그린다. 멀리서 보면 기다란 띠의 모양이다. 아바바는 그 띠의 한쪽 끝에 서서 띠의 중앙을 따라 걸으며 중얼거린다.

'자, 이렇게 간다는 거지.'

뒤뚱거리며 한참 걸어 반대편 끝에 도달하자, 아바바는 어깨를 으쓱하고는 머리를 앞으로 숙이고 거듭 생각한다. 그는 까맣고 튼튼하고 반짝 윤기가 흐르는 그의 발을 막다른 면의 끝선에 올려놓고 어쩔 줄 모른다. 더 이상 앞으로 나아갈 수 없기 때문이다.

"더 이상 전진할 수 없어."

막다른 길 끝에 도착하면 더 이상 전진할 수 없는 것처럼 아바바는 그 띠의 마지막 끝에 서서 더 이상 전진하지 못하고 있다.

'여기서 더 나아갈 수 있는 방법이 있을까?'

아바바는 앞으로 향해 가는 돌파구를 찾아야 된다는 사실에 흥미를 느끼며 먼 얼음 평원의 반대편을 응시한다. 닿을 수 없는 것에 대한 열망이 그의 가슴속 깊은 곳에서 점화되어 타오르기 시작하는 걸 느낀다.

그는 우선 트래디가 묻는 질문의 의미를 잘 파악하는 것이 문제 해결의 시작이라고 생각하며 잠시 깊은 사색에 잠겼다. 하얀 눈평원이 만드는 평면 위에서 펭귄들이 이루는 기다란 길이 영원히 계속되는 방법을 찾아서!

"영원히 계속된다는 건 무슨 뜻일까?"

그는 호기심에 가득 찬 울음소리를 내며 힘껏 기지개를 폈다.

"뭔가를 새롭게 생각해 봐야겠어."

그는 잠시 호기심을 가라앉히고 숨을 고르게 가다듬는다. 새로운 걸 생각해 내려면 휴식도 필요한 것처럼 그는 생각을 멈추고 암컷 펭귄 지니와 함께 낮은 비탈을 따라 오르거나 눈 쌓인 빙판 위를 이리저리 걸어 다녔다. 오늘 오모크의 하늘은 매서운 영하의 날씨에도 불구하고 맑고

푸르게 반짝 빛나는 듯하다가 이윽고 어둠이 내려 희미한 회색의 풍경
으로 바뀌어 간다. 어둠 속 얼음 대륙의 빙원에 매서운 강추위가 몰려오
고 있다.

　아바바의 짝짓기는 성공적이었다. 그가 지니를 만나기 전에는 그것이
무얼 의미하는지 잘 몰랐지만 지니를 만나고부터 세상을 보는 눈이 달
라졌다. 세상은 그대로인데 그의 마음이 변하자 세상도 그에게 다르게
보이기 시작했다. 아바바는 정말 성실한 마음으로 처음 지니에게 다가
선다. 그는 정성을 다하여 부리로 몸을 다듬고 주위를 살펴 조심스레 암

컷을 물색했다. 오모크에 모인 펭귄들 중 암컷의 비율이 한결 더 높아서 다행이지만 그것은 아바바가 지니의 사랑을 얻는 데 결정적 이유는 아니다. 아무나 만나는 것이 아닌 그의 마음을 살 수 있는 암컷을 눈을 크게 뜨고 찾았다.

그는 지니를 만나기 전에도 오모크로 가는 동안 아주 열심히 그의 목청과 울음소리를 가다듬는, 수없는 노력을 준비해 왔다. 그가 "내 목소리가 최고야."라고 스스로 느낄 정도로 오모크로의 여정길 내내 이리저리 아름다운 소리를 낼 수 있도록 끊임없이 반복을 거듭해 드디어 자신감을 맛보기도 했다. 그리고 걷는 발걸음마다 힘을 길러 암컷에게 아주 튼튼하고 멋진 모습으로 보이기 위해 대열을 따라 뒤처지지 않도록 혼신의 힘을 다했다. 아바바가 오모크에 도착할 즈음에 그는 이미 누가 봐도 매력을 충분히 풍기는 멋진 펭귄이 되어 있었다. 그리고 그는 이런 준비된 상황을 가지고 마음에 드는 암컷 펭귄 지니에게 다가가 우렁차고 아름다운 목소리로 그의 사랑을 보여 주었다. 사랑에도 준비와 노력이 필요하다.

때로 생물학적인 본능이 전부인 것 같아도 이 펭귄의 무리에서 수컷과 암컷이 만나 짝을 이루는 데 필요한 중요한 요소가 있다. 종족 번식의 기대감을 줄 수 있는 모습을 보이는 것뿐만 아니라 상대방을 찾아 우렁차고 아름다운 울음소리를 내며 서로에게 진실한 마음에서 우러나는 사랑을 바친다는 것이다. 그들의 사랑은 생물학적 본능과 더불어 사랑을 이루는 의식도 필요로 한다. 왜 추운 겨울에 머나먼 길을 떠나와 서로 상대를 만나 울음소리로 구애하고 사랑의 춤을 추며 종족을 이어가는 의식을 치르는가? 왜 그들은 그런 운명을 지니고 살아갈까? 그게 그들이 지니고 있는 유전자의 속성이자 특성이기 때문이다.

3. 새로운 삶이 시작되다

아바바는 알을 넘겨 받고

지니는 먹이를 구하러

오모크를 나와 머나먼 바다로 떠난다.

남극 대륙의 기온이 급강하고 있다. 영하 40도를 막 내려가는 추위 속에 바다는 꽁꽁 얼어붙기 시작해 남극 대륙의 면적이 급격히 늘어나고 있다. 하늘은 시리도록 맑고 깨끗하지만 추위는 온 천지를 얼음 속에 가두고 있다.

"이제 잠시 떠나가야 돼."

암컷 펭귄 지니가 머나먼 바다쪽을 바라보며 지저귄다.

"바다가 얼어서 해안 먹이터로 가려면 무척 힘들 거야."

아바바가 지니에게 바싹 다가서며 말했다.

"우리 새끼를 위한 펭귄 밀크가 필요해요."

지니는 장차 태어날 새끼를 위한 펭귄 밀크를 몸속에 저장하려면 떠나왔던 바닷가로 되돌아가야 할 때가 왔음을 직감했다.

지니는 알을 낳자마자 황급히 알을 자신의 발등 위에 올려놓고 아바바를 불렀다. 지니는 고개를 숙이고 아랫배에 힘을 주어 조금 전 낳은 알을 보여 주려 하얀 배털을 추켜올린다. 하얀 알이 지니의 발등 위에 잘 얹혀져 있다.

"자, 이제 당신 차례가 왔어요."

암컷 펭귄 지니가 이렇게 말하자 아바바는 지니를 정면으로 바라보며 발이 거의 서로 닿을 정도로 다가섰다. 그는 지니의 말이 무슨 의미인지를 이미 안다. 암컷 펭귄 지니로부터 알을 넘겨받아야 할 때가 왔다는 의미다.

지니는 조심스럽게 발을 움직여 알을 앞으로 기울인다. 영하의 기온이기에 알이 조금 오래 밖에 노출된 채로 버려둔다면 순식간에 얼어버릴 것이다. 지니의 발등에서 미끄러진 알은 툭툭 굴러 나와 한쪽이 눈 위에 닿았지만 이내 아바바가 발끝을 위태하게 알에 붙이고 고개를 숙여 부리로 알을 조심스럽게 안으로 당겨 민다. 알이 아바바의 까만 발등 위로 올려진다. 여기서 잘못하여 알이 미끄러지면 알은 추위 속에서 곧장 얼어버리고 만다. 조바심이 바싹 인다. 아바바가 발끝을 위로 들어

살짝 올리자 다행스럽게도 알은 그의 발등 안쪽으로 자리 잡는다.

"참 잘했어요. 아바바!"

암컷 펭귄 지니가 안도의 울음소리를 냈다. 아바바도 조마조마한 마음을 가라앉히고는 목을 들어 구성지게 울어댄다. 아바바와 지니의 합창이 울려 퍼지고 그들이 염려하던 일이 무사히 끝났다.

오모크에 추위가 닥쳐 기온은 이미 영하 50도 아래로 치닫고 있다. 주변에 살아 있는 생명체라고는 아바바의 펭귄 무리를 제외하고는 아무것도 없었다. 그야말로 여긴 펭귄들의 나라다.

수컷 펭귄들이 목을 길게 뽑으며 암컷 펭귄들을 배웅했다. 저 멀리 바다로 떠나는 암컷 펭귄을 바라보며 아바바가 혼잣말로 목을 길게 빼고 속삭인다.

'무사히 잘 다녀오길! 우리 새끼의 운명이 당신에게 달려 있어.'

아바바는 이렇게 중얼거리고 벌써 점으로 멀어져 가는 지니를 마음속으로 배웅했다.

그는 사랑하는 지니와 어쩔 수 없이 떨어지는 것이 몹시 안타깝지만 그건 자신들의 새끼를 위한 일이라고 생각하자 마음이 평온해졌다. 그는 그들의 사랑의 결실인 알을 내려다보고 이내 가슴이 뿌듯해졌다. 암컷 펭귄들이 까만 등을 보이며 얼음 평원을 지나 바다쪽으로 점점이 길을 나선다. 바다는 혹한의 겨울 속에서 얼어붙으며 점점 더 멀리 후퇴하고 있다. 그들이 왔던 길보다 더 멀리 가야만 바다를 접한 얼음 해안에 도착할 수 있으리라. 아무튼 이별이 이루어지고 아바바는 암컷 펭귄 지니와 떨어지는 걸 아쉬워했다.

"지니, 무사히 다녀와!"

그건 여태껏 경험하지 못해 본 사랑의 감정이었다.

지니가 새끼를 위해 먹이를 구하러 위험한 바다로 다시 돌아가는 것처럼, 아바바는 이 혹독한 추위 속에서 알을 소중히 품어야 할 의무가 있다고 느꼈다.

암컷 펭귄 지니가 바다로 떠난 지 벌써 사흘째. 기온은 더 내려가 극한 추위가 오모크를 휘감는다. 아바바를 비롯한 수컷 펭귄 무리가 여기 저기 오모크의 눈밭을 오고 간다. 그들의 걸음걸이가 예전보다 훨씬 뒤뚱거리며 느린 속도로 움직인다. 가끔 발등 위의 알을 조심스럽게 살펴본다. 해안을 떠나온 지 꽤 오랜 시간이 흘렀어도 수컷 펭귄들은 먹이를 못 먹고 있었다. 또다시 며칠이 흐르고 밤의 길이가 낮 시간보다 아주 길어져 태양은 지평선 위로 떠올랐다 이내 사라진다. 회색빛으로 잠긴 어둠이 하루의 대부분을 차지하고 있는 남극의 겨울은 깊어만 간다.

펭귄 아바바는 갈증을 느껴도 마음대로 눈을 집어 먹을 수도 없었다. 최대한 몸을 숙이고 목을 빼어 눈을 조금 집어 보려고 하였지만 그것도 이내 위험한 일이라는 사실을 금방 깨달았다. 능숙한 펭귄은 상체를 잘 숙여 눈을 먹으며 갈증을 달랬지만 아바바는 발등의 알이 자꾸 앞으로 쏠려 눈을 마음껏 먹을 수 없었다. 그는 눈을 먹으려는 시늉을 해 보고선 심각히 고민했다.

"그래, 일단 갈증을 참아야 돼. 휴~, 아비 펭귄이 되는 길이 결코 쉽지 않아."

그는 곧 아비가 된다는 사실에 가슴이 뿌듯했지만 훌륭한 아비가 되려면 참고 기다려야 되는 어려운 노력을 해야만 했다. 두 가지 기다림을 갖고 그는 어려움을 견딘다. 하나는 사랑하는 암컷 펭귄 지니가 무사히 돌아오는 것이고 다른 하나는 장차 태어날 자신들의 새끼를 기다리는 것이다. 기다림은 그에게 희망을 주고, 그 희망으로 그는 고난의 시간을 버틴다.

아바바가 속한 이 펭귄 종족은 일부일처제로 살며 추운 겨울철에 알을 하나만 낳는다. 그리고 그 알은 바로 수컷의 발등 위로 옮겨져 부화를 위한 알품기가 시작된다. 수컷의 발등 위에 알을 얹어 놓고 배의 털로 감싸 영하의 추위로부터 알을 보호한다. 사실은 단순히 배의 털로만 감싸는 것이 아니라 '포란주머니' 라 부를 수 있을 만큼 알을 잘 감싸도록 된 아랫배로 알을 보호한다. 펭귄의 발은 물갈퀴가 잘 발달되어 있고 얼음 위에서도 추위를 잘 견딜 수 있게 되어 있다. 그 발등 위로 암컷으로부터 알을 받아 얹어 정성스럽게 그 알을 품는다. 여기까지의 과정에도 위험이 따른다. 수컷은 암컷이 갓 낳은 알을 바로 넘겨받아야 한다. 영하 수십 도의 기온이라 알이 그대로 밖에 노출되면 곧바로 얼어버리기 십상이다. 부화 중에도 알을 놓치면 바로 얼어버리기 때문에 수컷 펭귄은 알이 완전히 부화되어 그 속에서 새끼가 나올 때까지 꼭 품고 있어야만 한다. 혹독한 영하의 기후를 견디는 시련을 극복해야만 알이 부화되는 것이다. 더욱 놀라운 것은 알을 품고 있는 수십 일 동안 수컷 펭귄은 아무것도 섭취할 수 없다. 수컷 펭귄은 몸속에 축적된 에너지만으로 이 모든 걸 견뎌내야 한다. 이것이 그들 종족이 택한 진화와 생존의 방식이다.

그저 암컷 펭귄 지니가 알을 낳도록 도운 것만이 아바바가 할 일의 전부는 아니다. 오늘 그는 하루 종일 꼼짝도 못하고 발등에 놓인 알을 따스하게 품었다. 알은 37도나 되는 그의 품속에서 얼음 대륙의 가혹한 추위를 견뎌낸다.

새끼만 만드는 것이 펭귄 종족의 수컷이 할 일은 아니다. 그의 암컷이 알을 낳는다는 것은 수컷에게 생명의 탄생과 양육마저도 떠맡긴다는 걸 의미했다. 펭귄은 무엇보다 수컷의 역할과 책임이 막중한 그런 진화의 길을 선택했다. 이 가혹한 강추위와 어려운 자연환경을 극복하고자 한 이들 종족의 현명함이었다.

또다시 차갑고 거친 눈보라가 오모크로 들이닥쳤다. 알을 품는 일은 수컷 펭귄 아바바의 숭고한 의무가 되었다!

사랑의 힘

눈이 덮인 얼음 벌판에 펭귄들이 조용히 서 있는 듯 보였지만 사실 이곳은 혹독한 인내의 시험장이다. 아바바는 벌써 수십 일을 아무것도 먹지 못하고 지냈다. 펭귄들의 발등에 놓인 알이 잠깐의 부주의로 품 밖으로 도르르 굴러 떨어지면 불과 몇 초 사이에 그 알은 금방 얼어붙고 만다. 따라서 그들은 온 신경을 곤두세우고 알을 품는 일에 열중한다. 오랫동안 아무것도 먹지 못하고 매섭고 혹독한 추위를 견뎌내야만 한다. 갈증을 느껴 눈 한 조각을 부리로 쪼아 올리는 것조차 아주 위험한 일이다.

아바바는 멀리 솟아 있는 얼음 빙벽을 바라보며 중얼거렸다.

"알을 따뜻하게 품는 일이 세상에서 최고로 중요해!"

그렇지만 불어오는 눈보라와 추위 속에서 알을 품는 것이 여간 힘든 일이 아니었다. 바람 속에 눈과 얼음 알갱이가 뒤섞여 몰아친다. 아바바의 어깨 위에도 부리 주변에도 눈이 얼어붙는다. 짧고 단단하고 촘촘한 털이 그를 보호하지만 남극 대륙의 추위는 그를 괴롭혔다. 머리와 부리

를 흔들어 얼어붙은 눈 조각을 털어내는 와중에도 그는 발을 오므려 알이 떨어지지 않도록 조심한다. 그가 그러한 시련을 극복할 수 있는 힘은 바로 알에 대한 지극한 사랑이다. 알의 생존에 꼭 필요한 건 사랑의 힘이다.

아바바가 알을 품고 난 지 열흘이 더 흘렀을 즈음 얼음 평원 위에 솟은 눈언덕을 휘감아 돌며 바람이 들이닥쳤다. 바람은 알을 품은 펭귄들을 향해 매섭게 불어왔다. 그건 눈폭풍 바람 '블리자드' 였다. 이제 곧 더 춥고 더 혹독한 추위가 온다는 신호탄이다.

"드디어 눈폭풍이 오고 있어!"

그의 동료 펭귄이 소리쳤다.

드디어 오모크 최고의 고난 시기가 들이닥쳤다.

이즈음 얼음 대륙엔 또 하나의 변화가 일어난다. 잠시 떠올랐다 바로 사라지던 태양마저 더 이상 지평선 위로 떠오르지 않는 날이 다가온다. 남극 대륙의 흑야가 다가올 준비를 하고 있다. 하루 종일 엷은 회색빛 밤이 대부분인 날들이 오랫동안이나 이어질 것이다. 이러한 밤과 같은 낮에는 지평선 위로 해가 떠오르지 않으며 지평선 위 희미한 빛으로만 나타나다가 어느 시기에는 완전히 깜깜한 밤낮이 하루 종일 이어지기도 한다.

그러면 모든 생명체들이 어둠과 고독 그리고 외로움에 잠긴다. 그 속에서 아바바의 종족은 삶을 이어나가고 있다. 바람은 남극 대륙의 중심으로부터 매섭게 불어온다. 찬 공기가 극지방의 상공으로부터 내려와 대륙의 가장자리로 퍼져나가기 때문에 눈 알갱이가 가득 찬 매서운 찬 바람이 언제나 대륙 중심에서 평원을 지나 바다쪽으로 분다.

오모크의 기온이 더 하강하고 매서운 바람이 들이치고 해가 떠 있는 기간이 점차 짧아져 마침내 해가 지평선 위로 떠오르자마자 잠시 후 사라져버리는 날들이 시작된다. 아바바의 무리는 내륙 깊숙이 위치한 그들의 서식지 오모크의 겨울 속에서 무엇을 하고 있는 걸까. 꽁꽁 얼어붙은 눈과 얼음나라의 한복판에서 그들 종족은 다른 생명체가 감히 엄두도 못 내는 참으로 경이로운 선택을 하였다.

아바바는 문득 조상들에 대한 이야기가 다시 생각났다.

"아주 오래된 어느 시절부터인가 호수 주변이 얼어붙기 시작했다. 그리고 대지가 조금씩 추워만 갔다. 마침내 온 호수가 다 얼어붙고 말았지. 그 후 호수가 있던 주변마저 추워져 모든 것이 얼음 속에 묻혀갔다. 너무 많은 세월에 걸쳐 조금씩 변하여서 아무도 알아차리지 못했고 셀 수 없는 세월이 흐르자 그 호수 위로 무려 수천 미터 두께의 얼음이 쌓이고 말았다."

이것이 그들 무리에게 아주 오랜 옛날부터 전해 내려오는 이야기였다. 아바바는 그런 일을 겪은 조상들의 이야기가 무척이나 흥미롭다고 느꼈다.

펭귄 아바바는 트래디가 말해 준 수수께끼 같은 말이 떠올랐다.

"바다에서 이어지는 행렬은 하얀 눈평원을 지나 오모크에 이르지. 우리는 원래 여기서 멈추지 말고 이 오모크 아래 잠긴 호수로 가야 되지. 하지만 그 호수는 벌써 수십만 년 동안이나 얼음 속에 갇혀 잠들어 있어. 그럼 어떻게 하면 바다에서 오모크로 오고 다시 전진하여 그 호수로 갈 수 있을까?"

아바바는 그 방법이 무얼까 하고 되뇌이었다. 왜냐하면 그 호수 위로는 무려 3,000 m나 되는 얼음이 쌓여 있기 때문이다.

"자, 오모크가 위치한 면과 호수가 있는 면은 다르지만 그 두 면을 한 공간으로 만들어 가는 길을 연구해 보렴. 그 점에 네가 풀어야 할 해결책이 존재하고 있단다."

문제는 점점 더 복잡해지는 듯했지만 아바바는 아주 발상적인 생각의 전환만이 그 해결책을 찾아낼 수 있음을 새삼 느낀다.

오모크에서 다시 며칠이 흘러가는 동안 이런 일도 일어났다. 오모크의 추위 속에서 알을 잃은 수컷 펭귄은 할 일을 잊은 채 암컷 펭귄이 떠난 바다로 뒤따라가기도 했다. 또 실의에 빠진 다른 펭귄들은 알을 품고 있는 펭귄 무리 사이를 이리저리 반복적으로 서성거리며 슬프고 안타까운 마음을 달래기도 한다. 품던 알을 잃은 수컷 펭귄들에게는 슬픔과 허전함이 가득하다.

가장 소중한 걸 잃어본 자만이 알 수 있는 슬픔이다.

아바바는 자신의 발등 위에 소중히 품고 있는 알을 잠시 살폈다. 사랑스럽고 소중한 자신의 분신, 그의 소중한 알!

한 펭귄이 앞으로 나서며 말했다.

"알을 품는다는 행위는 이 오모크에서 하는 가장 숭고한 일이야. 그건 이 세상에서 가장 중요한 의무이고 우리 핏줄 속에 대대로 전해 내려오는 모든 펭귄들의 생존 본능이기도 하지."

"암, 그렇고 말고. 그것이 우리가 오모크로 온 이유이지."

모든 펭귄들이 부리를 흔들며 동의했다.

아바바가 속한 이 무리의 펭귄들은 일 년에 한 번 그들 사랑의 결실인 알을 하나만 낳는다. 다산의 본능보다는 새끼를 하나만 길러도 확실히 보살피는 방법을 쓴다. 펭귄들은 보다 확실한 부모가 되는 현명한 길을 선택한 셈이다.

"눈폭풍을 벗어나 어디론가 피할 수 있을까?"

"아니야. 그건 우리가 할 일이 아니야."

"그럼 저 매서운 폭풍과 눈보라를 어떻게 피해?"

"피할 방법은 있지만 우선 마음가짐이 더 중요해."

"네가 품고 있는 알은 지금 네 삶의 전부야. 우선 소중한 알을 잘 보호해야 돼."

수컷 펭귄들은 다가오는 눈보라를 보고 수근수근거리며 이런 말들을 계속 이어 나갔다.

"너무 염려하지 마. 하지만 알을 품는 일은 쉬운 일이 아니야. 더군다나 이런 혹한 속에서 말이야."

한 펭귄이 이렇게 얘기하자 다른 펭귄이 말을 덧붙였다.

"알을 너 자신이라고 생각해 봐. 그리고 자신에게 조용히 물어보면 알 수 있어. 어떻게 하면 이 혹한에서 생존할 수 있는가를."

"네가 아비가 되고픈 마음이 있다면 저런 눈폭풍쯤은 이겨낼 수 있다고 외쳐 봐. 그러면 용기와 더불어 어떻게 해야 할지 네 머릿속에 생각이 떠오를 거야."

오모크에는 눈폭풍이 다가오고 있고 펭귄들의 부산한 대화가 급박하게 오고 갔다. 이제 펭귄들은 저 눈폭풍 속에 갇힐 것이다.

이러한 혹한 속에서 알을 품는 행위는 고난 극복의 여정이며 그들 펭귄 무리의 임무이고 책임이자, 그들이 선택한 아비의 길이다.

자신의 알을 죽기를 각오하고 지켜내라!

펭귄이 영하 30도를 웃도는 남극의 추위를 견뎌내는 것에는 놀라운 비밀이 숨어 있다. 그들의 몸에 흐르는 혈액에는 영하의 기온에서도 얼지 않는 부동액과 같은 성분이 포함되어 있는지도 모른다. 이런 근거는 남극 바다 생명체에는 저온을 견딜 수 있는 특별한 단백질이나 혈액을 갖고 있다는 사실이 밝혀지기도 했기 때문이다. 추운 극지방에 사는 생명체들 중에 이러한 현상이 많은데 극한의 저온 상태를 극복해 나가는 생물학적 진화의 결과이다. 또한 펭귄은 두꺼운 피하 지방층을 지니고 있어 추위로부터 강하다. 사실 키가 1.2m 정도에 무게가 40여 kg이나 나가니 비만형이라고 볼 수 있으나 그 피하 지방은 알을 품을 때 아무것도 먹지 않고 버틸 수 있는 원동력이 된다. 얼음 위를 걷는 맨발도 잘 발달되어 있다. 발바닥은 두꺼운 지방층으로 형성되어 있고 발 구조는 방사형으로 이루어져 있으며 내부 구조 또한 정맥이 동맥을 감싸는 혈관 구조를 지녀 추위에 잘 적응하고 견딜 수 있는 신체 구조를 지녔다. 이들 무리는 하얀 털로 덮인 배와 등의 까만 털로 된 신체와, 뒤뚱거리지만 우아한 걸음걸이로 인해 인간들이 귀여운 신사라 부를 정도로 아주 우아한 모습을 하고 있다.

4. 그들의 생존 수단

오모크에서 벌어지는

펭귄들의 이런 행위는

허들링(huddling)이라고 불린다.

하얀 눈바람이 빙원의 저편에서 일어났다.

여기저기 흩어져 있던 펭귄들이 부리를 높이 들어 요란스럽게 울어 댄다. 모두 그 눈보라가 몰아쳐 나온 빙원 위의 눈언덕을 응시했다.

"드디어 눈폭풍 블리자드가 불어오고 있어!"

누군가 외쳤다.

아바바가 그 소리가 들리는 쪽을 바라보고 그가 펭귄 트래디임을 곧 알아챘다. 펭귄 무리의 노련한 수호자인 그가 다시 외쳤다.

"자, 우리 모두 어떻게 해야 될지 알고 있지? 우리 모두 가운데로 모이자."

그의 울음소리를 듣고 벌써 몇몇 펭귄들은 서로 몸을 바싹 붙여 촘촘히 뭉치기 시작한다.

"서로 몸을 붙이고 저기까지 가서 옆으로 둥글게 천천히 도는 거야. 서로 앞뒤로 바싹 다가서야 돼."

트래디와 함께 모두 본능적으로 움직인다. 아바바는 발등과 아랫배 사이에 놓인 알이 행여 다칠세라 부드러운 하얀 배털로 감쌌다. 눈바람이 불어 앞을 보기도 힘들었지만 모두 오모크의 안쪽으로 무리 지어 몰려들었다. 차갑고 혹독한 바람 때문에 기온은 벌써 영하 50도로 떨어지고 있었다.

혹한과 눈폭풍 블리자드가 얼음 평원에 몰아쳤다.

펭귄들은 벌써 무리를 이루며 촘촘히 몸을 맞대고 서 있다. 그리고 그들은 서서히 움직이고 있다. 아바바도 앞뒤로 다른 펭귄들과 몸을 맞대고 뒤뚱뒤뚱 아주 천천히 발걸음을 옮기며 무리의 완만한 둥근 원을 도는 행진에 몸을 맡긴다.

그들은 여전히 발등에 놓인 알을 아랫배의 주름과 하얀 털로 조심스레 덮고 있었고, 아바바는 무리의 바깥 강추위가 매서웠지만 눈보라는 그에게 들이치지 못했다.

"고마운 동료 펭귄들!"

그들이 몸으로 눈바람을 막고 있었다.

머리를 쳐든 부리 위로 눈발이 날렸지만 아바바는 편안하고 안락한 기분을 느꼈다. 쌩쌩거리는 바람소리에도 불구하고 그건 두려움과 공포의 소리가 아닌 힘찬 기운을 느끼게 하는 행진곡처럼 들려왔다. 혹한의 눈바람 속에서 그는 동료 펭귄들의 따스한 체온을 느꼈다. 그도 같이 있는 동료 펭귄들의 몸에 바싹 다가서서 그들의 몸을 감싸 안았다. 서로 따뜻한 체온을 느낀다.

"우린 하나! 우린 하나!"

"나를 위한 동료들! 동료들을 위한 나!"

"우리 함께! 우리 함께!"

모두 낮고 확고한 신념에 찬 울음소리를 내며 부리를 높이 들고 외치는 소리가 얼음 평원의 어둠 속으로 낮게 퍼져 나간다.

"하나가 모두를 위해! 모두가 하나를 위해!"

그건 수컷 펭귄들이 강추위와 눈보라 속에서 벌이는 용감하고 화려한 군무로, 진정한 배려에서 나오는 진실된 사랑의 움직임이었다. 수컷 펭귄들만이 갖는 그런 자부심은 대단하다. 아바바는 움직이는 방향을 조금씩 무리의 바깥으로 잡았다. 이제는 그가 동료들을 위한 바람막이가 될 차례라고 느꼈기 때문이다.

그는 자신의 무리에 명령을 내리는 황제가 있다고는 생각하지 않았다. 모두가 스스로 자신의 일을 행한다는 것이 당연하다고 여기기 때문이다. 아마 이런 마음은 먼 선조로부터 물려받은 훌륭한 유산이라고 아바바는 확신을 가졌다. 그리고 자신의 새끼가 이 알에서 깨어나 자신의 이야기를 들어줄 것이라고 기대한다.

　오모크에서 벌어진 펭귄들의 이런 행위는 허들링(huddling)이라고 불린다. 수백에서 수천에 이르는 펭귄들이 촘촘히 서서 간격을 바싹 좁히고 커다란 원형을 유지해 가며 조금씩 빙빙 도는 움직임을 말한다. 앞선 펭귄을 따라가면서 가던 길을 그대로 답습하는 게 아니라 한쪽으로 조금씩 비껴 따라간다. 그러다 보면 조금씩 원의 안쪽으로 들어가게 되고 한참 후엔 원의 중심부를 지나 조금씩 바깥쪽을 향해 서서히 원의 가장자리로 다시 나오게 된다. 앞의 펭귄을 따라가는데도 자연히 자리가 바뀌게 되는 셈이다. 강추위와 눈보라를 이겨내는 그들만의 아주 독특한 방법이다. 가장자리를 차지해 도는 펭귄들은 추위와 바람을 직접 몸으로 맞지만 원형을 돌며 서서히 원의 중심으로 이동한다. 반면 안쪽에 있던 펭귄들은 몇 바퀴고 서서히 돌아 점차 원의 바깥쪽으로 나가게 된다. 이때 원의 바깥과 중심 부분의 온도차는 무려 섭씨 10여 도에 이른다. 그들 종족이 추위를 견뎌내는 방법으로 협동과 양보 그리고 배려가 깃든 매우 훌륭한 사회적 단결심을 보여 주는 행동이다. 이를 지켜 본 호모 사피엔스 종족인 인간들은 이러한 허들링 행위와 그것을 실천하는 펭귄 종족의 정신을 높이 찬양한다.

　아무런 지배자도 없는 집단적 무리에서 그런 대규모의 사회적 행동이 벌어지는 걸 보고 인간 종족들은 감탄해 마지 않는다. 모두를 위한 것이 바로 자신을 위하고 살리는 것이라는 사실을 펭귄 무리들은 알고 있고 잘 실행하고 있다. 모두가 함께 생존하는 길이다.

동료 펭귄들의 사랑

여기 추위와 싸우며 자신의 알을 위해 희생, 사랑 그리고 아낌없는 배려를 하는 동료 펭귄들! 그들의 황제와 같은 자부심이 그들이 지닌 최상의 가치가 아닌가 싶다.

아바바는 왜 그의 선조들이 바다에서 이렇게 멀리 떨어지고 아주 추운 혹한의 빙원을 자신들의 태생지로 결정했는지에 대한 의문이 자꾸 들었다.

그러나 그들 종족에게는 널리 알려진 비밀이 하나 있었다. 그는 펭귄 트래디가 들려준 이야기를 생각했다.

"호수가 얼음 빙판으로 변해 버린 후에도 펭귄들은 이곳을 찾아오는 걸 멈추지 않았어. 추위가 아무리 심해도 자신의 선조들이 잠들어 있는 곳을 버릴 수는 없었지. 바로 이곳이 선조들이 빙원 아래 잠들어 있는 신성한 장소란다."

아바바는 선조들의 이야기를 어렴풋이 떠올리고 추위와 맞설 수 있다고 결심했다.

'아무리 추워도 견딜 수 있어.'

그 자신이 디디고 서 있는 얼음 빙원 아래로부터 선조들이 "용기를 내!" 하는 듯한 기운을 느꼈기 때문이다.

'이 넓은 빙원에 아무런 다른 생명체도 보이지 않는다는 건 어떤 의미일까? 아마 태어나는 어린 새끼 펭귄들을 위한 건 아닐까?'

그는 여전히 알을 품고 있었고 발 아래 차가운 얼음의 기운을 느낀다. 발등에 놓여진 알은 균형을 잘 잡고 그가 조금씩 움직일 때도 잘 견뎌냈다. 눈폭풍 불리자드가 잔잔해지자 잠시 눈 덮인 빙원에 조용한 새벽이 밝아 왔다. 하지만 태양은 떠오를 기미가 보이질 않았다.

"아, 푸른빛이 우리를 감싸고 있어!"

지난 밤 희미한 어둠 속에서 거친 눈보라를 맞으며 누군가 외친 소리였다.

"새벽 여명처럼 하늘 저편이 푸르러!"

아바바는 뭔가 비밀스런 기운이 이 오모크를 둘러싸고 있음을 느꼈다. 오모크를 둘러쌌던 그 푸른빛은 무얼까? 오후가 돼도 태양이 보이질 않고 지평선 너머 엷게 환한 빛이 하늘 가득 넘쳐났다. 회색빛 어둠이 천지에 깔려 있다.

펭귄들은 지난밤에 불어 닥쳤던 가혹한 눈바람을 이겨냈다는 자부심이 들었다. 아바바도 역시 오늘 새벽의 평온함을 즐겼다. 하지만 얼음 평원 위로 태양이 떠오르는 듯하더니 밝은 빛만 지평선 위 하늘에 드리

우고 한참 후엔 아주 어두운 회색으로 변해 가며 이내 다시 어둠이 깔린다.

암컷 펭귄 지니는 미래의 새끼를 위해 먹이를 구하러 바다를 향해 떠나갔다. 자신의 새끼를 위해 지니가 먹이를 준비하고 있지만 수컷 펭귄인 아바바는 여기 오모크에서 나름대로 훌륭한 일을 해내고 있다.

'지니가 돌아올 때까지 잘 견뎌야 돼.'

아바바는 결의에 가득 차 용기를 낸다.

'내가 추위를 이겨야만 모두 살 수 있어.'

그는 자신의 발등 위에 놓인 알을 보듬으며 살폈다. 혹한 속에 있지만 자신의 새끼가 태어날 알과 바다로 나간 지니와의 깊은 유대감과 사랑의 끈을 느낀다. 그의 부리 밑으로 달린 작은 얼음덩어리를 털어내면서 그는 강한 사랑의 힘을 느꼈다. 보이지 않는다고 해서 모든 것이 사라지거나 없어지는 것은 아니다.

자연의 생존 법칙은 그가 생각하기에 너무나 가혹하고 위험했지만 자신을 닮은 미래의 새끼 펭귄을 위해 굳건히 견뎌 나가리라 마음먹었다. 알을 품고 새끼가 탄생하는 데 수컷인 자신의 희생이 필요하다면 기꺼이 그의 삶을 바칠 것이다. 그게 진정한 아비의 길이자 운명이 아닐까? 수컷 펭귄 아바바가 품고 있는 알은 그에게 삶의 이유를 준다. 그리고 그와 알은 서로 떼어질 수 없는 하나의 유기적 생명체가 되었다. 아바바는 눈보라와 강추위 속에서도 아비로서의 뿌듯함과 의연함을 느꼈다. 그는 끝까지 알을 잘 품어 부화시킬 것이다.

아바바가 눈보라가 휘몰아치는 이 혹한의 추위 속에 머물러 있는 이유는 순전히 알 때문이었다. 만약 그와 암컷 펭귄 지니 사이에 알이 생겨나지 않아 그 알을 품을 일이 없었다면 그는 벌써 바닷가로 미련 없이 돌아갔을 것이다.

'나의 소중한 알아, 넌 내가 여기 머무는 이유야!'

그가 알을 잠시 살피고는 다시 하얀 아랫배 털로 그 알을 정성스럽게 덮었다. 눈바닥의 찬기는 영하 수십 도에 이르지만 발등 위에 놓인 알은 따뜻한 그의 체온으로 인해 안전하게 강추위를 견디고 있다.

'때로 벗어나고 싶지 않아? 이 매서운 추위를 견뎌 아비가 되려고 알을 품는 일에서 말이야.'

그는 자신에게 이렇게 되물었다.

'그랬다면 나도 이 세상에 존재하지 않았을 거야. 내가 있는 까닭은 알이 존재하는 이유와 똑같아.'

그는 길게 숨을 내쉬고 추위에 떨며 몸을 추스렸다.

'알을 품는 일은 선택이 아니고 우리의 운명이지. 아비가 되는 건 고난의 벽을 넘어 사랑을 마무리하는 일이야!'

'그런데 이건 너무 커다란 시련이야.'

'외롭고 힘든 일이지.'

등 뒤에 서 있던 동료 펭귄이 외쳤다

"자, 용기를 내. 이건 너만 처음 겪는 일이 아니야. 우리 아비의 아비

가 그랬고 벌써 수만 세대를 이어 우리가 해 온 일이잖아. 아비와 어

미가 된다는 건 자신을 위한 가치 있는 일을 하는 거라고 생각해."

얼음 평원에 가득 펭귄들의 울음소리가 퍼져 나갔다.

하얀 알을 품고 있는 아바바는 트래디가 건넸던 의미심장한 말을 다

시 떠올렸다. 그는 거의 조는 듯하지만 그 풀이에 대한 삼매경에 빠져

들었다.

"아바바야. 그럼 이렇게 정리해 보자. 눈평원을 하나의 좁다랗고 길게 뻗은 면이라고 생각해 보자. 한 면엔 바다와 우리들의 서식지 오모크가 위치해 있어. 그리고 다른 반대편 아래 면에는 푸른빛을 뿜어내는 호수가 있지. 서로 다른 면에 있다는 얘기지. 그래, 우리가 그 호수로 곧바로 가지 못하는 것은 면을 뚫어서는 안 된다는 법칙이 있기 때문이야. 그것이 얼음을 뚫어서 그곳에 우리가 갈 수 없는 이유란다. 자, 그럼 이젠 네 생각을 바꾸어야 할 차례야."

아바바는 졸음에 빠지면서도 생각은 더 또렷해진다.

'나의 생각을 바꾸어야 한다고?'

그는 그 방법을 아직 모르고 있었다.

"자, 그럼 우리 선조로부터 물려받은 비밀스런 힌트를 하나 알려 줄까?"

트래디가 아바바의 궁금해하는 눈빛을 살피며 말한다.

"얼음 평원을 뒤집는다고 생각해 봐. 그러니까 띠를 닮은 기다란 직사각형의 한 끝면을 구부려 다른 끝에 일치시키는 거지. 다만 쉬운 것 같아도 단순한 그런 방법으로는 해결책을 못 찾는단다. 여기서 생각을 바꿔야 돼. 무슨 말인지 알겠지?"

아바바는 졸음이 오는 상태에서도 드디어 해결의 실마리가 나왔다고 생각하면서 기뻐했다.

'그래, 면의 한 끝을 접어서 일으켜 다른 끝면에 연결하면 된다는 거지.'

그는 기다란 직사각형 모양의 폭을 가진 상상의 띠를 머릿속에 띄웠다. 그리고는 한 끝을 자신 있게 다른 면에 붙이자 둥그런 원의 고리가 만들어진다.

'아니, 오모크와 호수는 여전히 다른 면에 있잖아. 이게 도대체 어찌 된 일이야. 음, 그럼 생각을 다르게 해야 된다고 했는데 그게 과연 어떤 방법을 써야만 오모크와 호수가 서로 다른 면에 있지 않고 한 면위 있게 될까?'

아바바는 트래디의 힌트에 대해 생각 바꾸기를 곰곰이 궁리해 본다. 그는 트래디가 말한 것에 답하기 위해서는 더 시간이 필요한 걸 알았다. 고개를 숙여 알을 살피던 그는 잠시 졸다가 그만 깊은 잠으로 빠져들었다.

사실 생물학적으로 보면 생존이란 유전자의 계승을 뜻한다. 그럼 좀 온전하고 쉬운 길은 없을까? 그러나 그 유전자의 계승이란 단순히 기다리는 것만으로는 쉽게 이루어지지 않는다. 거기엔 후손에 대한 보호와 정성과 끝없는 사랑이 필요하다. 위대한 생물학자인 찰스 다윈은 "강한 것이 살아남는 것이 아니라 변화하는 것이 살아남는다."라고 했다. 그런 면으로 보면 여러 펭귄 무리 중 특히 황제펭귄은 추운 기후와 가혹한 환경에 대응하며 아주 잘 종족을 번식해 나가고 있다. 그러나 생물학적 생존의 법칙에서 그들에게 어려운 미래가 다가오고 있다.

과학자들의 미래 예측 보고를 인용하면 다음과 같은 현실이 가까운 미래에 다가올 것으로 보인다.

남극의 기후 변화와 펭귄 개체 감소

프랑스 국립 과학연구센터의 과학자들이 지난 9년 동안 펭귄을 관측한 결과를 내놓았다. 그들은 남극 대양의 바닷물 온도가 조금씩 오를 때 마다 황제 펭귄의 상당수가 희생을 면치 못 할 것으로 예측하였다. 또한 UN 산하 연구기관의 한 발표에 따르면 지금과 같이 기온이 상승하는 추세가 향후 20년 동안 지속되리라 예측하고 있어 염려를 더 하게 한다.

이런 기후학적 요인으로 말미암아 남극에 서식하는 펭귄들은 그 삶을 영위하는 데 있어 상당한 시련을 겪게 되었다. 바닷물의 온도 상승은 펭귄이 즐겨 먹는 크릴이나 오징어 등의 먹이가 줄어든다는 것을 뜻한다. 남극 바다 주변을 떠도는 황제 펭귄들의 사냥 기착지인 유빙도 급격히 감소하게 되며, 이는 펭귄들의 사냥 활동에 막대한 지장을 주게 된다. 지구 온난화 현상이 간접적으로 또는 직접적으로 펭귄의 번식에 많은 영향을 끼치고 있음을 보여준다.

이와 같이 남극 대륙 전역에 닥친 온난화와 남극 바닷물 온도의 변화로 인해 황제 펭귄을 포함한 대다수 펭귄들이 영향을 받고 있는 시점에 이미 도달하였다. 특히 황제 펭귄은 유빙 위에서 후식을 취하거나 유빙을 사냥 활동의 근거지로 삼는다는 점을 들면 이런 유빙의 소실과 먹이 감소는 황제 펭귄에게 치명적 영향을 끼치게 되었고, 과학자들은 이런 현상이 남극 대륙 주변에서 벌써 일어나고 있다고 보고하고 있다.

아바바가 졸면서도 알을 확인한다.

'그 사랑의 결정이 바로 너야.'

그는 자신이 품고 있는 알을 내려다보며 살피고 아랫배 깊숙이 보듬어 품고 만족스런 표정을 짓는다.

'그래. 나도 트래디의 시련과 보호와 사랑이 없었다면 세상에 없었을 거야.'

이런 생각이 아바바의 마음을 일깨웠다. 그리고 그는 트래디의 사랑에 대해 무한히 감사한 마음을 느꼈다.

얼음 대륙의 태양이 잠시 지평선 위 하늘 너머만 비치고 곧 사라지자, 기나긴 겨울 밤이 시작되고, 이 얼음 대륙에 몇 달이나 이어지는 소위 '흑야' 라고 하는 극야(polar night)가 다가온다. 앞으로도 수십만 년의 세월 동안 바다가 멀리 떨어진 얼음 대륙의 이 깊숙한 곳에서 그들 펭귄들이 모이고 흩어지고 다시 모일 것이다. 그런 혹독한 고통과 시련의 나날들이 있겠지만 그들은 극복해 낼 것이다. 그건 펭귄 종족의 위대한 산물이자 유산이기 때문이다.

얼음 대륙의 한가운데서 혹한의 추위와 싸우고 있지만 아바바는 아비가 되기 위한 이런 시련을 견디는 것이 무척 당연하고 자랑스럽다고 생각했다.

가족을 이루는 많은 생물종에서는 수컷이 먹이를 제공하는 활동을 하고 암컷은 알을 품거나 새끼를 돌보는 걸 주로 한다. 펭귄이 속한 조류에서도 수컷의 역할은 먹이 구하기 활동이 주로 이루어지고 새끼를 양육할 때 돌보는 일은 암컷을 대신하는 보조적인 일을 한다. 하지만 아바바가 속한 황제펭귄 종족의 경우 수컷의 역할은 매우 다르다. 알을 낳는 것은 암컷이 하지만, 산란 직후 바로 알을 넘겨받아 수십 일을 수컷 혼자서 품어 알을 부화시킨다. 더군다나 매우 혹독한 환경 속에서 그러한 일이 이루어진다. 일반 조류에서 보기 드문 현상이다.

황제펭귄의 사회에서는 이러한 수컷의 역할이 종족의 번식에 절대적 의미를 지닌다. 이들 펭귄의 독특한 포란과 육아 방식이 관찰되자, 호모 사피엔스 종족인 인간들은 황제펭귄 수컷의 정성스런 포란 행위와 혹독한 환경을 극복해 나가는 것을 보고 매우 감명을 받는다. 포유류조차 육아의 대부분을 암컷이 하고 있는데 이들 수컷 펭귄의 희생적이고 헌신적인 행위를 자신들과 비교하며 숭고한 헌신적 사랑으로 표현한다. 인간들은 펭귄의 이러한 행위가 자신들이 본받을 만한 최고의 사랑이라고 외치고 있는 것이다.

이 세상에 존재하는 것은 모두 신비하다. 그것이 물체든 행동 양식이든지 간에. 얼음 세계와 펭귄 사이에 벌어지는 시련, 투쟁 그리고 조화마저 수많은 시간에 걸친 진화의 과정이다. 새끼를 위한 아바바의 정성스런 행위 또한 그가 혼자 만들어 낸 것이 아니다. 유전자 속에 깃든 본능이 그에게 말한다.

"자신의 새끼를 돌보고 보호하는데 자신을 희생하라."고.

누구를 위해 희생하는 것이 아니라 희생 자체가 아바바가 갖추어야 되는 덕목인 셈이다. 왜 그럴까? 그것 자체가 아바바의 삶이고 생존이기 때문이다.

아바바가 온갖 정성을 다해 알을 부화시키고 새끼를 기를 때 자신을 희생해 가며 기르는 것은 단지 본능 때문인가? 아바바가 그런 희생을 기꺼이 받아들인 것은 우선 지니와의 교감과 사랑이 있었기 때문이다. 사랑하는 상대에 대한 무한한 신뢰가 그 첫걸음이다. 아바바와 지니의 사랑과 신뢰는 알 속에 응축되어 있는 최고의 보물로 어느 누구에게도 양보할 수 없는 그들 간의 생명선이다. 그 알이 생명을 얻고 건강하게 자라도록 아바바와 지니가 정성스럽게 보살피는 것은 그들 존재 이유의 완성을 향해 나가는 피나는 구도의 길이다. 알과 새끼에 대한 그들의 헌신적 사랑에서 구원받는 것은 다름 아닌 아바바와 지니 자신이란 걸 알기 때문에 더욱 그렇다.

허들링은 단지 추위를 막는 훌륭한 방법으로만 가치가 있는가? 아바바가 속한 이 펭귄 무리의 그런 행위는 눈으로 보이는 것 이상을 넘어선 가치를 지니고 있다. 허들링은 이기적인 탐욕을 버리고 이타적인 사랑을 베푸는 배려의 최고 정점을 보여 준다. 호모 사피엔스인 인류가 문명이라는 뛰어난 업적을 이루고도 제대로 실현하지 못하고 있는 걸 이들 펭귄은 허들링이라는 훌륭한 행위에서 배려의 미덕을 이미 실천하고 있다.

아바바가 새끼에게 베푸는 헌신적 사랑과 아바바의 무리가 행하는 허들링에서 나온 배려의 아름다움은 황제펭귄들이 살아가는 최고의 생존 수단이다.

5. 퍼스트 펭귄

누가 퍼스트 펭귄이 될 것인가?

    암컷 펭귄 지니는 수컷 펭귄 아바바에게 알을 남겨 두고 오모크를 떠나왔다. 그리고 마침내 머나먼 빙판길을 되돌아 걸어와 바다가 보이는 얼음 해안으로 다시 돌아왔다.

    남빙양의 얼음은 겨울이 오자 해안선의 위치를 훨씬 더 바다쪽으로 이동시켰기에 펭귄들은 원래 해안선이 있던 곳을 지나 수십 km를 더 전진하여 바다에 도착한다. 혹등고래가 떠나버린 바다는 텅 비어 버린 듯하지만 수면 아래 바닷속엔 크릴과 오징어 떼들이 가득 차 있다.

    "드디어 다시 돌아왔어!"

    오랜 시간 동안 먼 거리를 걸어온 지친 몸이지만 암컷 펭귄들은 무사히 해안으로 돌아오자 안도의 울음소리를 낸다.

남국의 겨울 바다에 150여 km가 넘는 길을 열흘 밤낮을 걸어 되돌아온 펭귄들의 무리가 눈에 띄었다. 대부분 암컷들이지만 몇몇 수컷들도 보였다. 그 수컷들이 오모크를 떠나 온 이유는 그들이 알을 잃었기 때문이었다. 슬픈 일은 때로 이들을 방황하게 만들었다.

처음으로 알을 넘겨받아야 했던 이 수컷 펭귄들은 능숙하지 못한 대처로 그들의 사랑의 결실인 알을 잃었다. 아직도 오모크에선 얼어버린 알을 하염없이 안타까워하며 알을 부둥켜 안고 있는 수컷 펭귄들이 있지만, 지금 여기저기 간간이 보이는 한 무리는 오모크에서 알을 잃고 암컷 펭귄을 따라 바다로 다시 돌아온 수컷 펭귄들이다.

오모크는 알을 품는 신성한 장소였기에 알을 잃어버린 펭귄이 머물러 있기엔 적합한 장소가 아니었다. 하지만 이곳 남빙양의 얼음 해변도 무한정 평화로운 먹이터는 아니었다.

모든 펭귄들이 물속으로 뛰어들지 못하고 머뭇거린다. 왜 자신들이 이렇게 망설이고 있는지 모두 잘 알고 있었다. 그들이 뛰어들고자 하는 바닷속에는 펭귄들을 노리는 공포스런 그 무엇인가 있다. 그들을 위협하고 떨게 만드는 것의 정체는 바로 무서운 바다표범들이다.

누가 먼저 뛰어들 것인가?

적은 예상치 못한 곳에서 불쑥 나타난다. 바다로 돌아와서 벌써 펭귄 무리 중 몇몇이 희생됐다. 지니도 역시 바다표범이 두려웠다. 바다표범은 유빙의 언저리에서 기다리다 먹이 사냥에서 돌아오는 펭귄들을 공격하고 잡아먹는다. 지금 그들이 바다 위에 떠도는 유빙 사이에 숨어 펭귄들을 노리고 있다. 바다가 바로 한 발치 앞에 놓여 있는 데도 펭귄들이 바닷속으로 뛰어들지 못하는 것도 이런 까닭이다.

지니도 날갯짓으로 호들갑을 떨며 유빙 위를 좌우로 왔다 갔다 했지만 막상 바다로 뛰어들려니 용기가 나질 않았다. 바다로 뛰어드는 건 생명을 담보로 해야 하는 위험한 시도이기 때문이다.

일반적으로 해표류에는 웨델해표, 코끼리해표, 표범해표, 게잡이해표 등이 있고 그중 특히 바다표범인 레오파드 실은 덩치가 큰 편으로 수m 정도까지 자란다. 성질이 거칠며 주로 펭귄을 먹이로 한다. 유빙 옆에 숨어 있다가 펭귄을 공격하는데, 펭귄의 가죽이 질기므로 입에 물고 마구 흔들어 가죽을 벗겨내어 잡아먹는다. 낮에는 주로 휴식을 취하므로 펭귄들이 이 틈을 타 낮에 먹이 사냥을 나선다. 그러므로 펭귄에게는 사냥을 나서는 아침 나절과 먹이 사냥에서 돌아오는 저녁 무렵이 천적인 표범해표를 피해야 할 시기다. 유빙 뒤로 표범해표가 웅크리고 자신들을 먹잇감으로 노리고 있다는 사실을 감지한 펭귄 무리는 그 어느 누구도 감히 먼저 바닷물 속으로 뛰어들지 못하고 빙판 언저리만 왔다 갔다 한다. 이때 한 마리 펭귄이 용감하게 바다로 뛰어들면 잇달아 나머지 펭귄들도 재빨리 다이빙을 하여 물속 깊이 잠수해 들어간다. 그리고 먹이들이 서식하는 곳을 찾아 다소 먼 거리를 나가 먹이 사냥에 몰두한다.

모든 펭귄들이 어쩌지 못하고 갈팡질팡하고 있는 사이 한 펭귄이 부리를 조아리며 말했다.

"누가 첫 번째 펭귄이 될 거지?"

암컷 펭귄 지니의 운명은 지금 오모크에서 아바바가 품고 있는 알과 연결된 생명의 고리나 마찬가지다. 서로 떨어져 있지만 이들 펭귄 가족의 운명은 하나다. 지니가 먹이를 구하다 죽거나 아니면 아바바가 혹한의 강추위로부터 알을 보호하지 못한다면 그건 그들의 새끼에겐 곧 죽음을 뜻한다.

필연적으로 아바바와 지니 그리고 알은 하나의 유기적인 공동 생명체이다. 어느 하나라도 빠지면 이룰 수 없는 생명의 탄생 과정임이 틀림없다. 수십만 년의 세월에 걸쳐 그들이 갖고 있는 피할 수 없는 숙명!

"이렇게 망설이고만 있을 수 없어."

"자, 어서 바다로 뛰어들어 크릴 떼를 찾아야 돼."

아직도 조바심에 가득 찬 펭귄들이 머뭇거린다.

'아바바가 무사히 알을 부화시켰을까? 아무것도 먹지 못하고 알을 품고 있는 그도 아마 몸무게가 홀쭉해졌을 테지. 우리 새끼를 위한 먹이를 찾는 것에 내 새끼의 생존이 달려 있어!'

지니는 이 순간에도 오모크에 있는 아바바와 알을 염려한다.

이렇게 생각하면서도 지니는 바다로 뛰어들지 못하고 빙판 위를 오가며 망설이고 있다. 지니는 방금 수면 위로 떠올랐다가 사라진 바다표범이 무섭게 느껴진다. 그 바다표범은 물 밑으로 잠긴 빙산의 틈새 모서리에 숨어 펭귄들이 바닷물 속으로 뛰어들기만 기다리고 있다.

극한의 공포와 전율이 지니의 몸을 스쳐갔다

이때 바로 앞에서 "첨벙" 물소리가 들려왔다.

"퍼스트 펭귄이다!"

모두 외쳤다.

이런 외침이 나온 바로 다음에 수많은 펭귄들이 바다로 뛰어들기 시작했다. 바닷물 속으로 뛰어드는 펭귄들의 꼬리에 하얀 물보라가 일었다. 이젠 누가 먼저랄 것도 없이 모두들 바다를 향해 뛰어든다.

"자, 사냥을 가자!"

펭귄들이 바닷속으로 잠수해 들어가 다소 먼 거리를 헤엄쳐 나가 물고기, 크릴, 오징어 떼를 찾아 나선다.

지니도 재빨리 물속으로 뛰어들었다. 작은 날개는 활짝 펴진 힘찬 지느러미가 되어 지니의 몸을 쏜살같이 깊은 바닷속으로 밀어 넣었다. 꼬리 끝에선 하얀 포말이 일었다. 이젠 바다표범이 쫓아와도 그 바다표범을 따돌릴 수 있는 곳으로 곧장 나간다.

"넓게 열린 바다로 나가자!"

수면 위아래를 오르내리며 펭귄들이 먼 바다로 향해 나갔다.

차갑고 맑은 바닷물이 몸통을 감싸자 지니는 잠시 자유로운 기분을 만끽한 후 동료들과 함께 깊은 바닷속으로 크릴과 오징어 떼를 찾아 나섰다. 그리고 앞서 가던 무리에서 아까 제일 먼저 물속으로 뛰어들었던 퍼스트 펭귄을 발견했다.

그건 바로 지니의 어미 펭귄이었다. 지니의 머릿속에는 아직도 몇 년 전에 자신에게 온 정성을 다해 펭귄 밀크를 먹여 주던 어미 펭귄의 모습이 생생하게 떠올랐다.

"엄마!"

"나도 엄마처럼 내 새끼를 정성스럽게 잘 키울 거예요!"

지니는 기쁘고 반가운 마음으로 열심히 그 무리의 뒤를 따랐다. 그들은 점점 더 깊은 바닷속으로 헤엄쳐 들어갔다. 그렇게 먹이를 찾아 바다로 나서는 일이 수십 일이나 반복되었다.

암컷 펭귄 지니의 행복

그동안 슬프게도 몇 마리의 펭귄들이 바다표범에게 잡아먹혔다. 펭귄들이 먹이 사냥을 마치고 휴식처인 낮은 테이블 모양의 유빙으로 돌아온다. 그럴 때 유빙 근처에 숨어 있던 바다표범이 나타나 함께 돌아오는 펭귄 무리 중 하나를 사정없이 낚아 챈다. 이리저리 피하고 한바탕 소란이 벌어지지만 불행히도 운이 나쁜 펭귄은 포식자의 먹이가 되고 만다. 가까스로 그 포식자를 피해 유빙 위에 올라선 나머지 펭귄들이 그를 공포에 가득 찬 눈길로 바라본다. 암컷 펭귄 지니는 오모크에 있는 희생양

펭귄의 새끼가 생각난다. 너무 가슴 아픈 일이다! 그게 남극에서 일어나는 먹이 사슬의 고리이고 죽는 일조차도 순식간에 벌어지는, 삶을 위한 처절한 몸부림이다.

펭귄 무리가 한꺼번에 모두 바다로 뛰어드는 건 아니다. 열린 바다로 먹이 사냥을 나설 때는 작은 무리로 나뉘어 바다로 뛰어든다. 열린 바다로 향하는 길목에 벌써 바다표범 몇 마리가 숨을 쉬기 위해 수면으로 떠오르는 모습이 보였다.

"이걸 어쩌지."

"포식자 바다표범이야."

"먼 바다로 나가는 길목을 막고 있어."

시간이 좀 흐르고 수면 위의 포식자들이 사라졌지만 펭귄들은 알고 있다. 그 포식자들이 떠도는 얼음 아래 숨어서 자신들을 노리고 있다는 걸.

"자, 우리가 먼저 떠날 거야."

유빙의 앞에 서 있던 무리 중 수십여 마리의 펭귄이 바다로 뛰어들었다. 그들은 잠시 수면 아래로 사라지는 듯하더니 조금 멀리서 떠올라 열린 바다로 힘차게 헤엄쳐 나간다. 그들이 수면과 물속을 반원으로 둥글게 솟구칠 때마다 하얀 물보라가 인다.

그 모습을 보던 빙판 위 펭귄들이 요란스럽게 운다.

"바다표범이 사라졌나 봐."

"우리도 바다로 가자."

"그래, 우리도 출발하자."

일련의 또 다른 무리가 바다로 뛰어든다. 까마득히 멀어져 가는 선두 무리를 따라 두 번째 무리가 먼 바다를 향한다.

하지만 세 번째 무리는 운이 좋질 못했다. 유빙 아래 숨어 있던 포식자들이 길을 막고 펭귄들을 따라 잡는다. 무리가 흩어지고 포식자를 피하기 위해 모두 사방으로 흩어진다. 한 바다표범이 펭귄을 쫓아간다. 그 펭귄은 힘겨운 도망을 시도하지만 커다란 몸의 무서운 포식자에게 꼬리를 잡혔다. 힘차게 발버둥쳐 빠져나오지만 이내 포식자의 날카로운 이빨에 몸통을 물렸다. 그 펭귄은 거의 의식을 잃었다. 펭귄의 몸에서는 피가 거품을 내며 조금씩 빠져나온다. 드디어 포식자는 물 위로 입에 문 펭귄을 높이 추켜올려 수면에 그 희생양을 마구 내동댕이친다. 바다표범에겐 그것이 먹이를 잡아먹는 방법이지만 그걸 지켜보는 펭귄들에게는 커다란 공포다. 세 번째 무리의 펭귄들은 반은 열린 바다로 선두 무리를 따라 떠났고 일부는 출발지인 유빙으로 다시 돌아왔다. 오늘도 이렇게 힘든 상황이 벌어졌다. 그럼에도 불구하고 펭귄들은 바다 멀리 나가야 한다. 자신과 새끼를 먹여 살릴 먹이 사냥을 나서야만 생존할 수 있으니까. 자연의 생존 법칙은 어느 누구도 예외를 두지 않는다.

지니가 다시 한 번 바다로 뛰어들었다. 물속으로 들어갈 때면 꼬리와 다리 부분을 따라 하얀 공기 방울과 물보라가 수면 아래까지 길게 지니의 궤적을 따라 피어난다.

"눈이 훨씬 더 맑게 보여."

지니는 물속에서 한층 좋아진 시력을 느낀다.

유빙을 떠나 더 거대한 빙산의 아래로 가면 크릴을 잡아먹을 수 있지만 이번에는 더 먼 바다로 나가 보려고 마음먹는다. 유빙 아래 숨어 펭귄을 노리는 포식자 바다표범으로부터 위험을 벌어날 수 있기 때문이다. 바다표범은 수면 가까이 잠수하거나 물 위로 튀어 오르는 것을 반복해 나간다. 떠나온 유빙이 시야에서 사라지고 나서야 지니는 바닷속으로 잠수해 들어갔다.

"오징어 떼를 찾아야 돼."

지니와 같이 먹이 사냥을 나선 펭귄들도 일제히 몸을 거꾸로 세우고 좀 더 깊은 곳으로 들어간다.

"오징어 떼가 바닥 근처에 있을 거야!"

"오늘은 깊이 잠수해야겠군."

노련한 펭귄들이 서로 신호를 주고 받으며 수중으로 내려갔다.

얼음 해안쪽에서 표층 해류가 흐르고 북쪽 방향으로 상승하다가 남극 대륙 전체를 둥글게 싸고 도는 남극 해류와 마주친다. 지금 지니가 속한 펭귄 무리는 그 표층수의 흐름을 따라 먹이 사냥을 나섰다.

"수심이 깊어졌어. 빛이 약해지고 있어."

펭귄 지니가 이렇게 말하자 다른 펭귄이 몸짓으로 신호를 보냈다.

"자, 이 정도의 깊이에서 멈춰. 더 아래층의 바닷물 흐름이 다르게 느껴져."

지니가 속한 펭귄 무리는 벌써 수중 200여 m를 넘어선 지점까지 내려와 있었다. 표층수와는 다른 또 다른 흐름이 그 아래로 흘러간다. 물속에 나 있는 서로 다른 수괴가 형성되는 흐름이다. 사냥에 익숙한 펭귄들은 해류의 흐름을 잘 알고 있고 바다 표면의 흐름과 바닷속 해류의 움직임도 서로 다르다는 걸 오랜 경험으로 잘 터득하고 있었다.

그들은 수면 아래 멀리서 유유히 떼지어 몰려다니는 오징어 떼를 발견했다. 노련한 펭귄 몇 마리가 방향을 잡아 그들에게 접근한다. 펭귄들은 무리와 함께 사냥하며 서로 협동하여 몰이를 잘 해야만 충분한 사냥감을 잡게 된다. 오징어 떼가 마구 흩어져 버리는 상황에서도 지니는 제법 큰 오징어 한 마리를 잡아 삼켰다. 여기저기 오징어들이 흩어진다.

한바탕 소란이 지나가고 먹이 사냥이 끝나간다.

"이제 수면으로 올라갈 때가 되었어."

지니는 아직도 오징어를 쫓고 있는 펭귄 동료들을 남겨 두고 몇몇 동료들과 수면 위를 향해 방향을 잡는다.

"오늘은 성공적인 먹이 사냥이었어."

"자, 휴식처인 유빙으로 돌아가자!"

수면 위에는 펭귄들이 일으키는 물보라가 찰랑거린다. 하지만 마냥 평화스러운 귀향은 아니다. 그들이 돌아가는 길목에 도사린 사나운 포식자 바다표범을 피해 무사히 유빙 위로 올라서야만 안전한 하루의 먹이 사냥이 끝난다. 생존의 법칙에서는 언제나 경계하는 자만이 살아남는다.

남극 펭귄들은 동이 틀 때 바다로 먹이 사냥을 나가 어두워지기 전에 서식지로 돌아온다. 또한 겨울철에는 짙은 어둠을 피해 조금 더 밝은 북쪽으로 철새처럼 이동한다. 이런 습성 때문에 그간 남극 펭귄들은 밤눈이 어두워 어둠 속에서는 제대로 활동하지 못한다고 알려졌다. 그런데 다음과 같은 연구 결과를 인용하면 그 사실이 좀 다르다.

펭귄들이 어둠을 싫어하는 진짜 이유

펭귄들은 새벽녘에 먹이 사냥을 떠나 어둠이 오기 전 다시 돌아온다. 이를 두고 펭귄들이 밤눈이 어둡다는 견해도 있지만 좀 더 자세히 연구한 결과가 나왔다. 기존 연구 결과에서도 알 수 있듯이 펭귄은 4룩스 이하의 낮은 조도에서도 먹이를 잡을 수 있으며 황제 펭귄은 수면 500미터 아래서도 먹이를 쫓아가 잡기도 한다. 따라서 펭귄들이 어둠을 피하는 행동에는 다른 이유가 있다는 주장이다. 극지 생물학(Polar Biology)지의 논문에서 나온 발표를 보면, 펭귄은 밤눈이 어두운 것이 아니라 어둠을 피해 한낮에 사냥하는 주된 이유는 밤에 활동하는 포식자들로부터 잡아 먹힐 위험을 피하려는 행동학적 습성에서 비롯된 것이라고 보고 있다. 연구팀은 펭귄들이 남극 겨울철에 먹이가 풍부한 곳을 떠나 북쪽의 밝은 곳으로 사냥터를 옮기는데 이는 펭귄들이 어둠을 싫어한다는 것이 아니라 그들을 잡아 먹는 포식자에 대한 두려움 때문이라고 해석하였다. 펭귄들이 먹이 사냥에서 돌아올 때 일부러 먼 곳으로 상륙하여 서식지로 걸어 돌아온다는 사실로 알 수 있듯이, 이는 펭귄들이 포시자의 공포에 대한 '위험 회피 현상' 을 보여준다고 전하고 있다.

펭귄은 잠수 능력이 매우 뛰어나다. 평균 보통 4분에서 6분 정도이고 최대 20분까지 바닷속에서 잠수하며 그 깊이는 최고 500여 미터에 이른다. 남극의 표층수에 서식하는 먹이를 주로 찾는데 오징어나 물고기, 크릴 등을 잡아먹으려면 그 정도의 깊이는 감수해야 한다. 몸체는 헤엄치기 알맞은 유선형으로 물속에서의 저항이 아주 낮다. 또한 물갈퀴가 달린 다리와 지느러미 역할을 하는 날개로 자유롭게 급선회가 가능해 먹이 활동을 잘한다. 펭귄들은 집단적으로 같이 먹이 사냥을 하며 물속에 잠수해 들어갔을 때 훨씬 시력이 좋아진다. 그들의 눈동자 속의 수정체는 매우 발달해서 물속에서 뛰어난 시력을 발휘한다. 또한 일단 잡은 먹이는 놓치는 일이 거의 없다. 부리에 비해 상당히 큰 물고기를 물었을 때 부리 안쪽으로 쓸려 있는 톱 모양의 돌기 때문에 다시 빠지는 일없이 큰 먹이도 잘 잡아서 삼킨다. 펭귄들이 바다에서 능숙히 사냥을 하도록 훌륭히 진화를 한 결과다. 움직이는 속도는 8km~16km이고 최고 시속이 무려 40여 km에 이르기도 한다.

펭귄이 바다에서 사냥을 할 때 아주 중요한 환경 요소가 있는데 그것은 바로 유빙의 존재다. 유빙은 펭귄이 천적인 바다표범으로부터 몸을 피신할 수 있는 안전한 장소가 될 뿐 아니라 바다에서 장기간 먹이 사냥을 하느라 지친 몸을 쉴 수 있는 휴식처이기도 하다. 서식지를 떠나 장기적으로 먹이 사냥을 해야 하는 펭귄에게는 꼭 필요한 기착지로 몇 시간에 걸친 잠수 후 유빙 위로 올라와 휴식을 취한다. 대부분의 시간을 바닷물 속에서 보내고 더군다나 포식자들로부터 몸을 피신해야 하는 펭귄의 입장에서는 유빙의 존재는 너무나 고마운 일이다. 그러나 펭귄의 생존에 필요한 이런 유빙이 사라진다면 당연히 펭귄의 먹이 활동과 생존에 막대한 영향을 끼칠 것이 자명하다. 유빙은 거대한 빙산으로부터 떨어져 나온 아주 큰 것도 있고 여러 해를 바다 위를 떠돌아 아주 낮은 모양을 한 것까지 그 모습이 다양하다. 그중 높이가 나즈막하고 펭귄이 쉽게 뛰어 올라가 쉴 수 있는 평평한 테이블 모양의 유빙 위에서는 많은 펭귄들의 모습이 자주 보인다. 유빙이 드물거나 아예 없는 바다에서는 펭귄들을 보기 쉽지 않은 것은 이런 이유다. 따뜻한 기후로 인한 바닷물의 기온 상승은 펭귄의 생존을 위협한다. 남극 대륙 주변 바다 한편에서는 이런 일이 서서히 벌어지고 있어 펭귄들의 개체수 감소가 심히 우려되는 슬픈 미래가 소리없이 다가오고 있다.

지니가 얼음 해변서 그렇게 보낸 지 다시 수십여 일이 훌쩍 넘어갔다. 지니는 몸이 충분히 불어나자 이제 오모크로 돌아갈 시간이 되었음을 짐작했다.

펭귄 밀크가 가득 저장되었음을 느낀 지니는 이제 곧 얼음 대륙 안으로 들어가기로 마음먹었다. 다시 150여 km가 넘는 오모크를 향해 떠나야 할 때를 기다리며 지니는 펭귄 밀크로 가득 찬 자신의 배를 내려다보고 매우 흡족한 기분을 느낀다. 새끼에 대한 사랑 자체가 어미의 기쁨이다.

'펭귄 밀크' 는 펭귄들이 섭취하는 먹이를 다 소비하지 않고 영양분을 저장해 놓은 것을 말한다. 놀랍게도 황제펭귄 수컷은 알에서 깨어난 새끼에게 몇 달 전 먹은 음식물을 펭귄 밀크의 형태로 위 속에 저장해 두었다가 다시 토해내 새끼 펭귄의 먹이로 수십 일 동안 공급한다. 수컷은 이 기간 동안 몸무게가 무려 반으로 줄지만 펭귄 밀크가 다 떨어져 갈 즈음 암컷이 바다로부터 돌아와 새끼에게 이어서 먹이를 준다. 천적이 없는 안전한 곳에서 새끼를 기르기 위해 황제펭귄들이 택한 육아의 방식이다. 만약 바다로 나갔던 암컷이 바다표범에게 잡아먹혀 돌아오지 못한다면 그 새끼 펭귄은 수컷 펭귄의 정성스런 보살핌에도 불구하고 굶주림으로 인해 생존을 할 수 없게 된다. 실제로 많은 새끼 펭귄들이 이런 굶주림으로 인해 죽어 간다. 펭귄 밀크를 가득 담고 돌아오는 암컷 펭귄에게 새끼 펭권의 운명이 직결되어 있다. 암컷 펭귄이 죽음을 무릅쓰고 먹이 사냥을 하여 몸에 펭귄 밀크를 저장하는 것은 자신만을 위한 것이 아니라 새끼 펭귄의 생존을 위한 몸부림이다.

암컷 펭귄 지니는 무척 행복했다.

'지금쯤 알에서 내 새끼가 깨어나 있겠지' 하는 기대감으로 충만해진 지니는 파도가 일렁이는 바다를 뒤로 하고 얼음 빙판 위로 올라섰다. 멀리 보이는 빙원 저편엔 희미한 어둠이 깔려 있었다.

'이제 오모크로 돌아갈 때가 다가오고 있어!'

지니는 자신의 두툼해진 배를 보며 새끼를 위한 먹이가 충분히 저장되었음을 느낀다. 하루에 2kg이 넘는 먹이를 섭취한 지니는 몸이 불어나서 돌아가는 길에 소모되는 에너지를 무난히 감당할 수 있는 체력을 키웠다. 날개를 뒤로 쭉 빼며 우는 울음소리도 우렁차다. 이제 막 항해를 떠나는 배처럼 모든 준비가 끝났다.

계절은 한겨울의 절정을 넘어서고 있었고 지니는 돌아갈 때를 기다린다. 지니는 그동안의 일을 떠올렸다. 새끼를 위한 먹이를 구하느라 바닷속을 부지런히 헤엄쳐 다녔다. 유빙 위에서 휴식을 취하던 지니는 바다를 바라보며 앞뒤로 날갯짓을 하며 고단한 몸을 풀었다.

'삶이란 이 바닷속을 헤엄치는 것과 같아. 그 자리에 멈추면 바다 깊이 가라앉고 말지. 끊임없이 움직여 크릴을 잡아먹어야 돼. 이 먹이

사냥은 나만을 위한 것이 아니고 다 내 새끼를 위해서야.'

지니는 오늘 다섯 시간 동안이나 바다를 헤매며 부지런히 먹이를 구했다. 그건 새끼의 생존을 위한 준비이기도 했다.

펭귄 지니는 바닷속 300여 미터 아래까지 오징어 떼를 쫓아가기도 한다. 좀 더 아래로 가려 하지만 그곳은 너무 어두워 망설였다. 항상 범고래나 바다표범들을 경계해야 한다. 특히 바다표범들은 어둠을 틈타 사냥을 하므로 지니는 그들을 피해 해가 밝아 오는 새벽에 바다로 나가 재빨리 먹이 사냥을 해야 했다.

펭귄들이 먹이 사냥으로 배를 가득 채우고 얼음 해안으로 다시 돌아올 무렵, 그 무서운 바다표범들이 그들을 기다리고 있었다. 이 바다 어디에도 안전한 곳은 없다. 바다는 생존의 장소로 펭귄들의 사냥터이기도 하지만 예기치 않게 자신들이 바다표범이나 범고래와 같은 포식자들의 먹이가 되는 곳이기도 하다. 삶의 무대로 늘 대하는 곳이지만 그곳은 고달프기도 하고 위험이 항상 존재하는 곳이기도 하다.

펭귄들이 먼 바다에서 먹이 사냥을 마치고 돌아오던 길이었는데 해안 빙판 가까이서 일이 생겼다. 이번에도 바다표범 한 마리가 펭귄들을 몰다가 한 마리 펭귄을 집요하게 따라붙었다.

"살려줘. 나 살아야 돼!"

그는 필사적으로 바다표범에게서 벗어나려 혼신의 힘을 다해 이리저리 도망쳤다.

그 펭귄은 작은 날개를 허우적거리며 필사적으로 헤엄쳤지만 슬프게도 그만 바다표범의 이빨에 물리고 말았다. 깊이 파고드는 바다표범의 이빨. 물살 위로 그 모습이 사라졌다 나타났다 하면서 몇 번이고 반복된다. 피를 흘리는 펭귄이 공중에 치솟았다가 물 위로 떨어진다. 그 펭귄은 발버둥칠 기운도 없다. 천천히 다가선 바다표범에게 이끌려 먹이가 된 펭귄은 물속으로 사라진다. 슬픈 희생이고 삶과 죽음이 순식간에 바뀌었다. 그 사이 다른 펭귄들은 모두 빙판 위로 올라섰다.

"참 무서운 일이야. 가여워!"

동료 펭귄들은 그 펭귄의 죽음을 안타까워하며 이내 오모크에 남아 있는 그의 새끼 펭귄을 생각하고 깊은 슬픔에 잠겼다. 안타깝게도 벌써 그 새끼 펭귄의 운명도 결정되었다.

유빙 위로 올라선 펭귄들이 목청 높여 울부짖는다.

"누군가를 위해 희생한다는 건 정말 가치 있는 일이지만 무서운 바다표범의 먹이가 되다니."

"그가 불쌍해!"

"맞아. 바닷속으로 먼저 뛰어드는 펭귄이 없었다면, 우리는 아직도 빙판 위에서 망설이고 있을 테지. 그가 있어서 우린 새끼들을 위한 먹이 사냥을 할 수 있었어. 그는 참 용감한 펭귄이었어."

하루에도 수십여 마리의 펭귄이 희생되는 삶의 전쟁터가 바로 펭귄들의 사냥터이기도 했다. 바다표범은 펭귄을 잡아 그대로 먹을 수 없어 펭귄을 바다의 물살에 그 가죽이 벗겨지도록 힘차게 내려친다. 수면 위로 수없이 부딪히게 내동댕이쳐진 펭귄의 가죽이 벗겨지고 나서야 바다표범은 펭귄의 살점을 뜯어 삼킨다. 그 모습이 고스란히 펭귄들의 눈앞에서 이루어진다. 펭귄들에겐 바다표범에게 잡아먹히는 건 크나큰 공포고 어떻게든 그 포식자로부터 탈출해야 했다.

아이러니컬하게도 생존은 희생을 필요로 한다. 무엇이든 누군가 해봐야만 그 도전과 위험을 잘 알 수 있다. 만약 바닷속으로 처음 뛰어든 퍼스트 펭귄이 없고, 바다표범에게 잡아먹힌 그 가여운 펭귄이 없었더라면 펭귄들은 여전히 무서움과 두려움 속에서 방황하고 있었을 것이다.

슬픈 일이지만 용기 있는 시도와 모험엔 아름다운 희생이 뒤따른다. 암컷 펭귄 지니는 이 바다에서 먹이를 찾아 헤매다 바다표범에게 잡아먹힌 동료 펭귄들을 떠올리고 아주 슬픈 마음에 젖었다. 하지만 오모크로 돌아간다는 건 힘든 여정에도 불구하고 지니에게는 참 행복한 일이다. 누군가에 대한 그리움은 삶을 더욱 의미 있게 만들어 주는 것이다.

포식자는 일반적으로 먹이가 되는 집단의 개체수 조절과 먹이 집단의 건강성을 유지하는 데 도움을 준다. 먹이 집단의 개체수가 급격히 늘어나 집단 자체의 구성원이 경쟁하거나 집단 내 구성원이 질병, 쇠약 등으로 개체 유지에 심각한 영향을 끼칠 경우 그 요인을 제거하는 유용한 조절자 역할을 한다. 펭귄 집단 개체수를 조절하는 포식자는 바다표범과 범고래가 있다. 바다표범은 아바바가 속한 황제펭귄의 바닷가 서식지를 주사냥 무대로 삼는다. 바다표범 한 마리가 하루 평균 다섯 마리 정도의 펭귄을 잡아먹어 치운다. 이 정도면 펭귄들이 먹이 사냥을 나갈 때 바다표범에게 잡아먹히는 일이 비일비재하고 모든 펭귄들이 극도의 경계심을 지니게 되며 거의 매일 동료 펭귄들이 바다표범의 먹이가 되는 것을 눈앞에서 목격한다. 개체수 조절자로서의 포식자 바다표범의 역할이 매우 중요한 것이다. 이처럼 자연 생태계의 법칙은 참으로 냉혹하다. 이런 상황을 적응하고 헤쳐나가며 자신을 스스로 돌보는 펭귄만이 무사히 생존할 수 있다. "하늘은 스스로 돕는 자를 돕는다."는 말이 실감나는 광경이다.

6. 알들이 깨어나고 있다

아바바가 품은 알을 깨고

솜털 같은 새끼 펭귄이 태어났다.

오모크가 위치한 얼음 평원엔 길고도 어두운 밤이 연일 계속되고 있었다.

아바바가 알을 품은 지 벌써 50여 일이 지나고 있었다. 하지만 암컷 펭귄 지니가 돌아올 시기는 아직도 멀었다. 그의 몸무게도 거의 반으로 줄어들고 바닥의 눈만을 집어 먹으며 갈증과 허기를 채우고 있다. 고난이 절정에 이르렀다.

눈보라가 몰아치면 아바바는 동료들과 함께 몸을 서로 바싹 붙이며 재빠르게 오모크의 한가운데에 원형으로 모여 추위를 이겨낸다. 무리의 안쪽 온도는 바깥보다 무려 섭씨 10도나 차이가 난다. 둥글게 무리 지어 하는 이 허들링은 누가 시키지 않아도 이미 모든 펭귄들이 익히 아는, 추위를 극복하는 확실한 방법이다. 모두 혹한의 추위와 눈바람 속에서 잘 견뎌내고 있다.

오모크에 새벽이 찾아든다. 하지만 태양은 떠오르지 않고 주변은 여전히 어둠에 싸여 있다. 둥글게 뭉쳐서 서로 몸을 맞대고 곤하게 잠들어 있는 펭귄들의 모습이 마냥 평온해 보인다. 꿈을 꾸는 듯 몇몇이 부리를 옆의 펭귄 등에 얹고 낮은 잠꼬대 소리로 운다.

"쉬, 조용히 해."

트래디가 날개를 살짝 앞으로 모아 들며 아주 낮은 소리로 주변 펭귄들에게 속삭인다.

"여신이 다녀갈지도 모르니 소리를 내면 안 돼."

그들 펭귄 사이에 전해 오는 설화가 있는데 그것은 그들이 품고 있는 알에게 생명을 내려 주는 여신에 관한 것이다.

지평선이 희미한 어둠에 잠겨 있다가 그 너머의 하늘이 엷게 밝아지는 어느 날, 그들에게 생명을 나누어 주는 여신이 온다. 하지만 그들은 여신의 모습을 결코 볼 수 없고 단지 하늘 멀리 오모크 위로 지나가는 여신의 옷자락만을 볼 수 있을 뿐이다. 별이 촘촘히 그 밝은 빛을 어둠 속에 심어 놓은 듯 하늘에서 빛난다. 그리고 멀리서부터 여신의 옷자락이 날리는 모습이 다가온다. 마침내 이리저리 쓸려 흔들리며 오모크의

상공을 포근히 덮는다. 오모크는 마치 생물체의 자궁과 같이 어둠에 싸여 있고, 그 여신의 옷자락은 포근하게 오모크를 덮으며 아름답게 흔들린다. 그 여신의 옷자락 끝에서 생명의 씨가 쟁그랑쟁그랑 별빛으로 오모크에 쏟아져 내린다.

"생명의 씨들이 내려오고 있어."

펭귄들은 이런 설화를 수만 세대를 이어 믿어 오고 있다. 태양이 떠오르지 않고 어둠만 지속되는 날들 중의 바로 오늘, 생명의 씨앗을 뿌리는 여명의 여신이 오모크를 다녀간다고 생각하며 경건한 마음으로 숨을 죽이고 절실한 기도를 한다.

"알 속으로 생명의 씨앗이 들어오게 하옵소서!"

알을 품고 있는 펭귄들은 모두 조용히 잠을 자는 듯하지만 눈을 감고 그 생명의 여신이 다녀가는 황홀한 모습을 한참 동안이나 느끼고 있었다. 그들은 오모크의 하늘에서 펼쳐 아름답게 스쳐 지나가는 오로라 (aurora)는 바로 생명의 씨를 오모크에 뿌리는 새벽의 여신이 남기는 비밀스런 모습이라고 전하는 신화를 굳게 믿고 있다. 그것은 아우로라 (Aurora) 여신이 내뿜는 오로라 오스트랄리스(aurora australis)로서 '여명을 닮은 남녘의 빛'을 뜻한다.

아바바도 오모크 상공에 가득한 생명의 기운이 아래로 내려앉아 자신이 품고 있는 알 속으로 그 기운이 서서히 스며들기를 간절히 기도하고 경건히 염원한다.

'부디 나의 알에 생명을 주옵소서!'

일주일이 흐르자 알이 스스로 흔들렸다! 무언가 알 속에서 일어나고 있다. 와, 마침내 생명의 신호가 온다.

희미하게 지평선이 보이고 태양은 바로 떠오르지 않았지만 오늘 희미한 여명 속에서 어디선가 작은 지저귐 소리를 내며 알 속에서 새끼 한 마리가 세상 밖으로 나왔다. 그 새끼 펭귄은 이 무리에서 처음 알을 깨고 나와 모든 펭귄들의 부러움을 사며 태어났다. 축복이 가득한 생명이다!

드디어 아바바의 알에서도 미동이 발로 전해졌다. 알이 그의 발등에서 미세한 움직임을 보인다. 작은 흔들림이 있더니 곧 알의 한 면에 가느다란 금이 생기며 틈새가 약간 벌어진다. 그리고 아주 미세하고 희미한 소리가 그 속에서 새어 나온다. 그가 부리로 깨어진 알 틈새를 비비자 오, 신비스런 생명의 소리가 들렸다.

"도대체 무슨 일이 일어난 거지? 와, 하얗게 비치는 솜털이 너무 귀여워. 난 드디어 아비가 되었어. 눈바람도 같이 이겨낸 네가 참 대견스러워. 오, 귀여운 내 새끼!"

아바바는 이렇게 외치며 새 생명의 탄생을 마음껏 축복했다. 아바바가 품은 알 속에서 뽀얀 솜털 같은 새끼가 태어났다. 그는 재빨리 알 껍질을 밀어내고 새끼가 밖으로 밀려나가지 않도록 조심스레 품 안에 새 생명을 넣었다.

암컷 펭귄 지니로부터 알을 넘겨받아 발등 위에 얹어 지극 정성으로 보살핀 지 57일째였다. 아바바는 그동안 영하 50도를 넘는 추위와 매섭게 몰아치는 눈폭풍도 극복했다. 이 조그만 솜털 덩어리 같은 자신의 새끼와 더불어 시련의 나날들을 이겨냈다는 사실에 아바바는 한없이 기뻤다. 시련 뒤에는 반드시 축복이 뒤따르고 그건 인내한 자의 몫이다.

품 안에서 꼼지락거리는 새끼의 동작에 아바바는 무한한 기쁨을 느끼며 자신의 새끼가 바로 자신이 살아가는 행복이라고 소리쳤다. 하루가 채 지나기도 전에 여기저기서 알을 깨고 나온 새끼들의 지저귐 소리가 들려오며 새로운 탄생과 축복의 소리가 온 빙원에 흐른다.

오. 행복이 충만한 오모크의 생명들이다! 하지만 이 기쁨을 함께 나누
어야 할 암컷 펭귄들은 아직도 돌아오지 않고 있다.

아빠, 나 배고파!

새끼 펭귄들이 조잘거리는 소리로 얼음 평원의 아침이 밝았다. 태양
은 지평선 위에 잠시 모습을 드러냈다가 곧 사라졌지만 얼음 평원의 하
늘은 며칠 전보다는 한결 밝아졌다.

아직은 새끼들이 작은 몸짓으로 각기 아빠 펭귄의 품속에서 겨우 얼굴만 내민다. 사실 그 지저귐 소리는 그냥 재잘거리는 소리가 아니고 "나 배고파!"를 외치는 아우성이다. 하얀 솜털 덩어리 같은 몸통에 머리와 두 눈 사이로 내려온 털은 까매서 흡사 작은 투구를 뒤집어 쓴 모습과 같다. 새끼 펭귄은 짧고 작은 주둥이로 끊임없이 삐약거린다. 새끼에게 먹이를 주는 일도 수컷의 몫이었다. 세상에! 어미 펭귄이 없을 때 태어나 먹이조차도 아비 펭귄이 해결해야 된다니!

아바바는 오늘도 자신의 새끼에게 먹을 것을 주었다. 정확히 말하자면 자신의 위 속에서 올라온 '펭귄 밀크'였다. 그의 새끼 펭귄은 부리를 아바바의 부리 속으로 집어 넣어 펭귄 밀크를 받아 먹으며 굶주린 배를 채운다. 그런 새끼를 바라보며 아바바는 마음의 안도감과 행복을 느낀다. 그 자신도 수십 일 동안 먹이를 먹지 못하여 지친 몸이지만 저장된 펭귄 밀크를 게워 내어 새끼에게 먹이며 돌본다. 자신의 몸으로 새끼를 돌보는 수컷 펭귄 아바바의 사랑이 지극정성이다!

생명 진화의 과정은 기나긴 세월이 걸리지만 때때로 자연은 생존하는 기묘한 해결책을 내놓는다. 그것이 펭귄 종족에겐 펭귄 밀크였다.

암컷 펭귄들은 떠난 지 100여 일이나 지나서야 돌아오므로 새끼 펭귄들을 돌보는 아비 펭귄들의 손길은 더욱 바빠졌다. 모든 게 아비 펭귄의 일이다. 이젠 새끼들 때문에 추위를 막는 허들링조차도 마음놓고 할 수 없는 고난의 시기가 아비 펭귄들 앞에 남아 있다. 그 고난 속에서도 기쁜 아비 펭귄들의 헌신적 희생!

"아직 아비가 버티고 있지만 이젠 엄마가 필요해!"

아비 펭귄들의 품속에서 자라나는 새끼 펭귄들은 점차 크게 변했다. 알에서 깨어난 지 거의 한 달 가까이 흐르자 그들은 아비 펭귄으로부터 받아 먹는 펭귄 밀크의 양도 늘어갔다.

아비 펭귄들의 몸은 점점 야위어 가, 알을 품기 시작할 때와 비교하면 몸무게가 거의 반으로 줄어 버렸다. 그럼에도 불구하고 아비 펭귄들은 마냥 행복하다. 알에서 깨어나 자신의 품 안에서 꼼지락거리는 새끼에게 한없는 애정을 갖고 있다.

'이제 며칠 안에 네 엄마가 돌아올 거야.'

하얀 솜털이 보송보송한 새끼를 내려다보며 아바바가 중얼거렸다. 아바바의 펭귄 밀크도 거의 다 떨어져갔다. 지니가 바다로 떠난 지 100여 일이 훌쩍 다 지나고 있다.

'지니는 언제 돌아오는 걸까?'

아바바는 기대감에 꽉 차 목을 쭉 빼고 암컷 펭귄 지니를 하염없이 기다린다. 그건 그만의 단순한 기다림이 아니라 새끼 펭귄의 절실한 바람이기도 했다. 그동안 새끼의 생존은 아바바의 몫이었지만 이제부터는 어미 펭귄 지니가 가져오는 먹이에 그들 새끼의 생존이 전적으로 달려 있다.

'지니가 무사히 돌아와야 할 텐데.'

아바바가 지니의 무사함을 간절하게 빌고 있다.

아바바는 거센 강풍과 추위로부터 알을 훌륭히 지켜냈다. 그리고 부화되어 이 세상 밖으로 나온 새끼도 여전히 그가 보살피고 있다. 하지만 "이제는 엄마 펭귄이 필요해!" 하고 그가 외쳤다.

엄마, 어디 있어?

아직도 수컷 펭귄 아바바에게는 새끼를 보살펴야 하는 의무가 남아 있다. 그가 힘들어 잠시 한눈을 판다면 그건 새끼에겐 죽음을 뜻한다. 아바바와 그의 새끼는 오모크에 불어 닥치는 눈보라와 추위를 견뎌내고 살아남았다.

'우릴 이렇게 버틸 수 있게 하는 건 기다림이야. 참고 기다려야만 지니가 우리에게 돌아오는 걸 볼 수 있어.'

이렇게 중얼거리는 아바바에게 기다림이란 곧 참고 견디는 것을 뜻했다. 절실한 기다림!

새끼 펭귄도 조금씩 알아 간다. 지금은 아비 펭귄의 따뜻한 품이 세상 전부지만 그도 역시 힘들어한다는 것을 안다. 그가 지칠 때가 되고 이제 어미가 돌아오는 것이 아바바와 새끼에게 아주 절실한 바람이 되었다. 배 속을 굶주린 새끼에게는 더욱 어미의 보살핌이 필요했다. 어미는 아직도 나타나고 있지 않지만 새끼의 삶과 죽음은 그 어미의 귀환에 달려 있다.

"참고 기다리면 엄마 펭귄이 돌아올 거야."

아바바는 자신의 새끼 펭귄에게 이제 거의 바닥난 펭귄 밀크를 먹이며 속삭였다. 새끼의 생존이 그 세상 무엇보다도 중요하다.

"그래, 우린 해낼 수 있어!"

어린 새끼를 바라보며 아바바가 말했다.

'넌 지금 기다림이란 소중한 걸 알게 될 거야. 왜냐하면 기다림이란 희망이 있기 때문이지. 그건 이 강추위와 바람 속에서 우리가 견디고 살아남아야만 한다는 걸 의미해.'

아바바는 혼잣말처럼 반복하며 중얼거렸다.

그들에게 기다림이란 생존을 뜻했다. 그리고 그의 새끼 펭귄은 영하 수십 도의 추위 속에서도 아비 펭귄의 품속에서 하루가 다르게 쑥쑥 자라나고 있다. 새끼가 자꾸 울어대는 것이 어떤 의미인지 아바바도 잘 알고 있었다. 새끼 펭귄에게는 엄마를 단순히 기다린다는 사실을 넘어 더 절실한 것이 생겼다. 아비 펭귄의 밀크가 바닥이 나자 새끼 펭귄은 이제 굶주림도 견뎌내야만 했다.

"나 배고파! 뾰로롱, 뾰로롱!"

"지니가 돌아와야만 우린 살 수 있어. 무사히 빨리 돌아와! 조금만 참아!"

절실한 울음소리가 아바바의 부리를 타고 새어 나왔다.

"애야, 조금만 기다리면 엄마가 온단다."

서로 떨어져 있어도 분리될 수 없는 하나임을 깨닫게 만드는 기다림. 암컷 펭귄 지니의 귀환만이 그들의 절실한 소망이다.

그 기간이 길어지는 동안 오모크에선 슬픈 일도 일어난다. 자신의 발등 위에 놓인 알을 실수로 떨어뜨려 알이 그만 얼게 되었거나 부화된 새끼를 추위로부터 보호하지 못해 새끼를 잃고만 경우도 많았다. 그런 슬픈 경험이야말로 새끼를 잃어 본 펭귄만이 아는 가슴 아픈 현실이다.

'내 알은 어디 있어?'

'암컷이 돌아오면 그때 뭐라 하지!'

그들은 이리저리 방황하고 때로 다른 펭귄이 품고 있는 알을 빼앗으려는 시도도 한다. 죽은 새끼를 하염없이 안고 있는 수컷 펭귄도 있고 돌아오지 않는 엄마 펭귄을 기다리는 새끼 펭귄을 차지하려는 쟁탈전도 벌어진다. 돌아오지 않는 엄마를 기다리는 새끼 펭귄들의 슬픈 운명이다!

'나 지금 엄마가 보고파! 엄마, 어디 있어?'

새끼를 잃은 수컷 펭귄들은 "새끼를 기르는 건 무거운 짐이기도 하지만 때로는 너무 절실한 희망이다"라고 소리 내며 흐느낀다.

지니의 무리가 오모크로 돌아가기 위해 유빙 주변 바닷물을 박차고 솟구쳐 오른다. 마치 다른 세계로 이동하는 유성처럼 펭귄들이 유빙 위로 올라선다. 올라선 펭귄들이 요란한 울음소리를 내고, 모두 돌아갈 때임을 외친다.

"오모크로 돌아가자!"

"수컷 펭귄들이 잘 버티고 있을 거야."

"알은 이미 부화되어 귀여운 새끼로 변해 있겠지."

저마다 한마디씩 거들며 암컷 펭귄들의 요란한 함성이 이어진다. 그들의 부푼 몸은 돌아갈 때가 왔음을 암시한다.

지니는 발 아래 놓인 빙판을 힘껏 딛고 선다. 태어난 새끼를 보러 간다는 생각에 그 어느 때보다 온몸에 활기가 넘치고 들떠서 가슴이 쿵당쿵당 두근거린다. 날개를 힘껏 젖히고 목을 이리저리 조아리며 오모크가 위치한 내륙을 응시한다. 오모크로 향하는 길은 올 때보다 훨씬 멀어졌다. 지니는 굳은 마음을 먹고 결연한 의지로 새끼와 아바바를 다시 보겠다는 희망으로 길을 나선다. 저번에 갈 때와는 사뭇 기분이 다른 건 예전에는 수컷 펭귄을 만나 사랑을 맺을 수 있다는 설렘 정도였다면 지금은 자신이 낳은 새끼를 보러 가는 것이기 때문이다. 지니가 오모크로 다시 돌아간다는 것은 단순한 재회의 기쁨만은 아니다.

"내 새끼에게 가는 것이 곧 그를 구하는 길이야."

"내가 돌아가지 못하면 내 새끼가 죽게 돼."

지니는 어떻게 해서든지 반드시 아바바와 새끼에게 돌아가겠다는 굳은 의지를 보였고 그건 생사를 가름하는 비장한 귀환 길이었다.

오모크로 돌아가는 길은 많이 변해 이전보다도 더 어려움을 겪는다. 암컷 펭귄들이 해안에서 먹이 사냥을 하고 있던 동안에 내륙에서는 끊임없이 눈보라가 몰아쳐 돌아가는 지형을 바꾸어 버렸다. 바람에 의해 눈보라가 이리 쓸리고 저리 쓸려 펭귄들이 걷기 힘들 정도로 낮고 울퉁불퉁한 구릉들이 생겨났다. 작은 크레바스는 눈으로 메워진 반면 평탄했던 빙판은 파이고 얕은 웅덩이에는 얼음 조각이 섞인 차가운 물이 가득하다. 역경을 겪은 펭귄들에게도 이렇게 변해 버린 오모크로 가는 길은 늘 새로운 모험과 도전이고 위험한 시도다. 그들이 이 역경의 길을 뚫고 오모크로 돌아가려는 이유는 오직 자신의 새끼를 살려야 한다는 절실한 어미의 마음에서 나온다. 어미의 생존과 새끼의 운명이 직결되어 있다. 그걸 아는 지니는 휘몰아치는 눈보라와 강추위 속에서 굳건한 발걸음으로 한 발 한 발 오모크로 향한다.

"내가 가야 새끼가 살아!"

"새끼를 구원하는 길은 내가 기어코 오모크로 돌아가는 거지."

눈과 함께 휘몰아치는 작은 얼음 알갱이가 지니의 몸을 사정없이 때렸지만 지니는 날개를 쫙 펴 올리고 차가운 빙판길을 가고 또 간다. 강추위와 매서운 바람도 상관 없다.

"예전 얼음 절벽에 갇힌 그 펭귄은 어찌 됐을까?"

지니는 오모크로 처음 가던 길에서 깊은 얼음 틈새에 갇혀 꼼짝 못하던 펭귄이 문득 생각났다. 그가 무사히 나왔다는 소식을 듣지 못했지만 무사했으면 하고 빌었다. 하지만 이번 되돌아가는 길에도 여러 마리의 펭귄이 길을 잃고 오모크로 돌아가지 못하거나 때로 목숨을 잃기도 했다. 그들 모두에게 꼭 살아서 돌아간다는 것이 지상 최대의 임무다.

열흘이 넘게 걸려 오모크로 돌아가는 길에서도 지니는 오직 새끼를 굶주림에서 살려야 한다는 생각으로 눈보라 속을 걷고 얼음 틈새를 지나고 울퉁불퉁한 빙판길을 넘고 또 넘었다. 오모크에 가까워질수록 지니는 용기를 얻고 더 힘을 낸다. 이상하게도 지니의 몸은 지치지만 마음만은 가벼워져 마치 남극 대륙의 상공을 낮게 흐르는 구름처럼 조용히 미끄러져 오모크로 날아가는 듯한 기분을 느꼈다.

"저 지평선 너머에 오모크가 있어."

"저기 보이는 빙벽을 지나면 벌써 반쯤 온 거야."

"새끼의 모습이 눈앞에 아른거려."

고난의 여정 속에서도 펭귄들은 한 걸음씩 오모크로 전진할 때마다 즐겁고 의연한 울음소리로 서로를 격려한다. 고난의 여정이 오히려 그들에게 기쁨과 용기를 주고 있다. 둘로 나뉘어 쪼개져 있던 다른 쪽 영혼을 찾아가듯 발걸음마다 희망과 기다림을 심는다. 그 영혼의 가지에서 자란 열매가 얼마 남지 않은 곳에 있다. 모든 생명체들의 어미가 갖는 본능이 지금 오모크로 돌아가는 지니의 핏속에도 아주 뜨겁게 흐르고 있다.

펭귄들이 나즈막한 언덕을 넘어서자 탁 트인 평원이 보이고 갑자기 길이 순탄해 모두 배를 깔고 전진한다. 바람과 같은 속도로 이동한다. 날이 밝아 오는 새벽녘에 바람이 가라앉자 눈평원이 고요한 모습으로 그들 앞에 드러났다.

"보여! 이제 보인다!"

앞서 가던 무리의 펭귄들이 외쳤다.

지니는 고개를 들어 얼음 평원의 끝부분을 뚫어져라 응시한다.

"맞아. 저 빙벽 아래가 오모크야."

지니는 하얀 세상의 끝에서 들려오는 선율을 듣다가 그것이 바로 오모크에서 희미하게 들려오는 소리라는 걸 감지했다. 온몸에 기운이 솟는다. 발은 가벼워져 바람을 딛고 달리는 듯하다. '자, 날개를 들어. 바로 저기야'. 지니는 온갖 흥분이 고조되어 낮은 구릉을 내려서면서 엎드려 배를 깔고 달린다. 앞선 펭귄들은 벌써 벌떡 일어서 날개를 자랑스럽게 흔들며 오모크로 진입한다. 수천의 울음소리가 어울려 합창으로 그들을 환영한다. 오모크의 요란스러움과 즐거움이 하늘 가득 퍼진다.

"우리 돌아왔어!"

암컷 펭귄 지니도 벌써 오모크 안으로 들어와 즐거우면서도 애타는 울음소리로 수컷 펭귄 아바바를 애타게 찾는다.

"아바바! 아바바! 나 돌아왔어. 당신 어디 있어?"

수천의 합창 속에서도 교향악의 가느다란 바이올린의 선율처럼 지니는 어디선가 다가서는 아바바의 울음소리를 듣고 저절로 그곳을 향해 간다. 아, 울음소리와 함께 다가오는 그의 모습이 보인다.

"지니, 나 여기 있어! 아바바가 여기 있다고!"

이토록 기쁜 재회와 행복이 오모크에 가득하고 마침내 암컷 펭귄 지니는 그들의 영혼이 다시 만나는 오모크로 무사히 돌아왔다.

아바바와 지니의 일정과 활동

3월 하순 : 내륙 얼음 평원으로 출발

4월 초순 : 서식지 오모크에 도착

4원 중순 : 수컷 펭귄 아바바를 만나 사랑을 나눔

5월 초순 : 알을 낳아 아바바에게 넘기고 바다로 감

7월 초순 : 암컷 펭귄 지니는 계속 먹이 활동 진행

         : 수컷 펭귄 아바바 포란 57일 째 알을 부화시킴

8월 중순 : 수컷 펭귄 아바바 홀로 새끼 펭귄 양육 중

9월 하순 : 암컷 펭귄 지니가 오모크로 다시 돌아옴

기다림은 참고 견디는 것이고 또한 누군가를 위한 가슴속 깊은 소망으로 남는다. 그런 기다림이 마침내 재회로 이루어졌다!

7. 오모크의 즐거운 나날들

어미 펭귄 지니의 품속에서

새끼 펭귄이 새근새근 잠이 든다.

뒤뚱뒤뚱 머뭇거리며 나타난 지니의 눈앞에 오모크에 모여 있는 수컷 펭귄들의 모습이 보였다. 수천 마리의 펭귄 무리에서 어떻게 수컷 펭귄 아바바를 찾아낼까?

지니는 잔뜩 가슴을 부풀려 울기 시작했다. 목덜미의 황금색 털이 울음소리에 마구 떨렸다. 무리 주변을 잠시 배회하며 소리를 내어 울어대자, 이내 무리 속에서 아바바가 뒤뚱거리며 나타났다. 오, 이 행복한 재회의 기쁨!

"아바바, 나 돌아왔어!"

암컷 펭귄 지니가 기쁜 목소리로 울었다.

그들은 다시 펭귄 피트의 꿈에 빠져든 듯하다. 그 추억 속에서 그들은 서로의 울음소리를 아주 생생하게 기억해냈다. 그들은 이제 수컷 펭귄과 암컷 펭귄에서 아비 펭귄과 어미 펭귄이 되었다.

어미 펭귄 지니는 아비 펭귄 아바바가 자랑스러웠다.

재회의 기쁨을 만끽하고 나서 지니가 아바바의 툭 튀어나온 배를 보며 말했다.

"우리들의 새끼는 어디 있어요? 빨리 보고 싶어!"

그러자 아바바의 아랫배 하얀 털 사이로 어린 새끼가 뾰족 얼굴을 내밀었다. 그 광경을 보고 암컷 펭귄 지니는 몸에 스쳐가는 황홀한 전율을 느낀다. 그저 하얀 알을 낳아 아바바에게 맡기고 떠났는데 이렇게 귀여운 새 생명이 내 새끼라니! 지니는 귀엽고 예쁜 새끼를 안아 보고 싶어 연달아 지저귀며 말했다.

"오, 귀여운 내 새끼야. 내가 엄마란다. 어서 나의 품으로 달려와."

암컷 펭귄 지니는 한 발 더 바싹 아바바에게 다가섰다. 세상에 이런 기쁨이 어디 있을까? 그런데 아직 새끼는 어미 펭귄 지니 품으로 달려올 기색이 없이 아바바의 품속 깊이 숨어 버린다. 더군다나 아바바마저 한 걸음 뒤로 물러선다.

"아바바, 빨리 우리 새끼를 나에게 넘겨줘요!"

지니가 안달이 나서 계속 지저귀는데도 아바바는 여전히 딴청을 부리며 다시 한 걸음 뒤로 물러선다. 지니가 다시 요청해도 아바바는 주저하는 듯 발마저 더욱 움츠린다. 아바바와 지니가 몇 번이고 이런 실랑이를 벌이고 있을 때 갑자기 새끼가 고개를 쑥 내밀고 조잘거렸다.

"나 배고파!"

지니는 이 말을 듣자 더욱 조급해졌다. 아바바의 펭귄 밀크가 다 떨어졌으니 얼마나 배가 고팠을까!

"에그, 불쌍해라!"

이번엔 갑자기 아바바가 겪은 고생을 떠올리며 그가 애처로워졌고 그에게 무한히 고마운 느낌이 들었다.

"아바바! 정말 수고했어요. 알을 무사히 부화시키고 더군다나 혼자서 새끼를 이렇게 돌보고 있었으니 정말 고마워요."

암컷 펭귄 지니는 날개와 고개를 숙여 몇 번이고 아바바에게 고맙다는 인사를 한다.

"자, 우리의 새끼가 배고파 울고 있어. 이틀 전부터 토해내 먹일 밀크가 다 떨어졌거든."

아바바가 이렇게 지니에게 속삭이고는 자신의 몸을 지니의 몸에 바싹 붙였다. 그가 고개를 숙이고 속삭인다.

"아가야, 엄마가 돌아왔단다. 이제 엄마 품에 안겨 보렴."

아바바가 자신의 발을 넓게 풀며 말한다.

"조심해서 엄마 품으로 건너가야 돼. 추위에 네 몸이 얼어붙지 않도록 조심해."

이 말을 듣자마자 새끼 펭귄이 아바바의 품속에서 상체를 내밀고 배고파 죽겠다는 듯이 삐약거리며 엄마 펭귄 지니를 바라본다. 아바바의 품 안에서 솜털 같은 새끼가 튀어 나왔다. 새끼 펭귄은 예전 알 속에서부터 어미의 체취를 느낀 듯 꼼지락거리면서 지니의 품으로 파고 든다. 순간 따뜻한 새끼 펭귄의 따사한 체온이 지니의 아랫배에 느껴졌다.

"내 새끼! 자, 이제 엄마가 네게 먹이를 주마."

지니가 몸을 흔들어 부리 가득 밀크를 담고는 자신의 발등 위에서 우는 새끼 펭귄에게 부리를 벌렸다. 새끼 펭귄은 머리를 바싹 지니의 부리 속에 넣어가며 정신없이 먹이를 받아 먹는다. 엄마의 따뜻한 품과 맛있게 먹을 수 있는 먹이! 그건 새끼에게는 이 세상 무엇과도 바꿀 수 없는 최고의 행복이다.

지니는 새끼 펭귄의 작은 눈망울을 바라보며 순식간에 그동안의 고난이 사라지고 온갖 시름을 잊는다.

"자, 엄마가 먹이를 더 주마!"

어미 펭귄 지니는 부리를 활짝 열어 새끼에게 먹이를 주기 바쁘다. 세상 즐거운 일 중에 새끼를 배불리 먹이는 것보다 더 뿌듯한 일이 어디 있으랴! 아바바와 지니 그리고 그들의 새끼 펭귄이 다시 뭉친 완벽한 만남!

이번에는 아바바가 먹이를 구하러 바다로 떠날 것이다.

슬픈 새끼 펭귄들

오모크에서 한바탕 사건이 벌어졌다.

슬프게도 오모크로 돌아오지 못한 암컷 펭귄들이 몇몇 있었다. 그들의 새끼들은 수컷의 펭귄 밀크가 떨어져 굶어 죽을 지경이었다. 그리고 그 방황하는 새끼들을 놓고 자신의 알과 새끼를 잃고 상심하던 펭귄들이 자식 얻기 쟁탈전을 벌인다. 누군가에게 사랑을 베풀고 싶은 갈증을 느껴서일까? 자신들의 허전함을 달래 줄 뭔가가 필요해서일까?

"내 엄마는 왜 돌아오지 않는 거지?"

"엄마! 나 배고파!"

이렇게 외치며 돌아다니는 몇몇 새끼들이 눈에 띈다.

오모크로 돌아오지 못한 어미를 찾아다니는 새끼 펭귄들이었다. 알을 부화시키지 못하거나 새끼를 추위 속에 잃은 펭귄들 사이에 일이 벌어졌다. 부모가 되고픈 애닯은 마음 그리고 굶주림에 지쳐 먹이가 필요한 새끼 펭귄들이 치르는 한바탕 부모 자식 맺기 쟁탈전이 벌어졌다.

누군가를 잃는 슬픔은 나눌수록 더 가벼워진다. 그 슬픔을 어루만지기 위해 때로 새로운 사랑의 손길도 필요하다!

오모크가 다시 조용해지고 어미 펭귄들이 주는 먹이로 배가 부르고 한결 활발해진 새끼 펭귄들이 이리저리 몰려다닌다. 아직도 추위는 매섭지만, 벌써 새끼들은 삼삼오오 뭉쳐서 추위를 견뎌낸다. 역시 종족의 훌륭한 유산은 핏줄에서부터 전해지는 모양이다. 새끼 펭귄의 등털은 아직 하얀 솜털로 덮여 있고 더군다나 방수도 잘 되질 않는다. 머리 부분과 날개 부분은 까맣지만 눈 주위로는 하얀 털이 역력하다. 시간이 흐르면 등털도 까맣게 되고 목에 황금색으로 빛나는 띠를 두른 멋진 황제 펭귄이 될 것이다.

오모크의 소란스러움을 뒤로 하고 이번엔 교대로 아비 펭귄 아바바가 100여 km가 훨씬 넘는 바다 먹이터로 먹이를 구하러 나선다.

"지니, 이번엔 내가 다녀올 거야."

아바바가 결의에 찬 표정으로 지니가 왔던 길을 응시한다. 새끼에 대한 사랑은 때로 쓰디쓴 고행마저도 행복으로 느끼게 만든다.

펭귄 새끼들이 알에서 깨어난 지 두어 달 될 즈음, 하얀 빙원에 위치한 오모크에선 새끼들이 모이는 유아원이 생겨나고, 지니와 새끼 펭귄 돌보기를 교대한 아바바는 먹이를 구하러 바다로 떠났다. 그는 한 달 후에나 돌아올 것이다. 새끼를 위한 아비와 어미의 노력과 정성이 그들 생존과 행복을 뒷받침하는 가장 든든한 버팀목이다.

펭귄의 울음소리는 그들 집단의 중요한 소통 수단이다. 수백 수천의 무리 중에서 제 짝을 알아서 찾아내고 또 새끼들 중에 자신의 새끼 울음소리를 정확히 알아낸다. 그건 옆에서 지켜볼 때 매우 신기한 일처럼 보이지만 너무 당연한 자연계의 법칙이다. 펭귄 아바바와 지니가 만나 즐거운 음색의 울음소리로 서로의 정을 쌓고 상대방을 인식한다. 그리고 암컷 펭귄인 지니의 몸에 알이 생기기 시작한다. 그 알이 배 속에서 형성되면서 이루어지는 것이 있다. 그 알 속에 기억되는 유전자는 어미인 지니의 울음소리, 움직임, 흔들림 그리고 지니의 심장 박동까지도 전달된다. 만약 알이 외부의 소리에도 민감히 반응한다면 제일 먼저 아바바의 울음소리가 지니의 귀와 몸을 통해 그 알 속으로 전해질 것이다. 그래서 알을 낳을 때는 그저 평범한 알이라기보다 바로 지니가 낳은 지니만의 알이 된다.

수컷 펭귄 아바바의 발등에서의 육아는 더욱 더 새끼에게 영향을 준다. 새끼는 부화되어 아바바의 품에서 편안함을 느끼며 자란다. 그리고 그의 흔들림, 울음소리를 명확히 기억한다. 서로의 울음소리를 알아보는 건 흡사 잘 다듬어진 연주곡을 알아듣는 것과도 같다. 중간에 하나의 음이라도 다르게 변조되면 금방 알아차리게 된다. 웬만한 고등 생물체의 새끼들은 어미의 소리에 아주 민감히 반응한다. 아바바가 새끼에게 준 것은 단순히 펭귄 밀크뿐만이 아니다. 그의 품에서 새끼와 접촉해서 그의 움직임, 숨결, 그의 체온 그리고 따뜻한 사랑의 감정과 마음이 새끼에게 전달된다. 그러하니 어찌 서로의 울음소리를 알아듣지 못하랴.

다르게 변하는 사랑의 방식

얼음 대륙의 겨울 낮은 짧지만 태양이 떠 있는 시간이 조금씩 길어지고 하늘은 시리도록 푸르러 갔다. 수컷 펭귄들이 모두 바다로 떠나고 이번엔 암컷 펭귄들이 새끼 펭귄들을 돌보고 있다. 새끼가 조금 자라면 수컷과 암컷이 교대로 또는 같이 바다로 나가 먹이를 구해 온다. 날씨가 추워지고 눈보라가 몰아치면 암컷 펭귄들은 새끼를 품에 안고 둥글게 원을 그리며 집단적으로 허들링을 한다. 그리고 맑은 날에는 새끼 펭귄들이 오밀조밀 모여 있는 유아원을 둘러보기도 한다. 아직도 어미 펭귄들이 새끼 펭귄에게 펭귄 밀크를 제공해야 하는데 그 방식이 조금 바뀌어 간다.

남극의 생태와 환경

남극에서 태양광의 일주기(日週期)는 남위 60° 지역의 경우, 한겨울에 약 6시간, 한여름에는 약 19시간에 이른다. 남위 66°를 넘어서게 되면 극야(polar night)를 겪게 되는데 그 기간은 위도에 따라 증가하여 남위 70°에서는 60일, 남위 75°에서는 100일에 달한다. 광합성에 필요한 빛의 양, 존속 기간, 그리고 스펙트럼은 특히 식물성 플랑크톤과 같은 해양 식물의 성장과 분포를 결정짓는 중요한 요인이다. 따라서 남극해의 해양 식물은 연중 규칙적이고 지속적인 일주기를 겪게 되는 온대나 열대 지방의 해양 식물과는 매우 다른 광조건에서 서식할 수밖에 없다.

남극의 겨울철에는 남극해의 약 56%(20.0×106 km^2)가 얼음으로 덮이게 된다. 이들 얼음의 대부분은 부서지고 북쪽 방향으로 떠다니다 여름철에는 녹게 되나, 일부(대략 3.5×106 km^2)는 상자 모양의 얼음으로 남극해의 웨델해와 로스해에 남아 있게 된다. 이들 얼음 또한 눈과 함께 해양으로 유입되는 광의 양과 스펙트럼을 변화시키게 되고 결국 해양 생태계 기초 생산자인 식물성 플랑크톤의 성장률이나 분포 양상에 영향을 미치게 된다. 다행히도 남극해에 서식하고 있는 대부분의 식물성 플랑크톤은 세포 내의 광합성 기구들을 적절히 변화시켜 극심한 광 변화의 영향을 최소한으로 줄이는 방향으로 반응하는 것으로 알려져 있다. 대부분의 남극 식물 플랑크톤은 낮은 광 조건에 적응되어 있다는 것이 일반화된 연구 결과이다. [극지연구소]

유아원 주변으로 가 어미 펭귄이 울면 금세 소리를 알아듣고 새끼 펭귄이 무리 밖으로 나온다. 그렇지만 어미 펭귄은 예전처럼 바로 먹이를 주지 않는다. 졸졸 따라다니는 새끼에게 먹이를 주지 않고 이리저리 앞서 가기만 한다. 새끼는 어미 펭귄을 따라 한참 동안이나 걷고 달려야만 먹이를 얻는다. 그것은 훌륭한 방법으로 체력 단련과 혹독한 환경을 이겨내는 데 필요한 훈련이 되는 셈이다. 그리고 날이 추워지면 새끼 펭귄들만이 모이는 허들링도 생겨난다.

이즈음 오모크의 새끼 펭귄들에게는 대단히 무섭고도 공포스런 사건이 일어난다.

하늘 너머로 몇몇 까만 점이 보이더니 이내 그들의 머리 위로 날아드는 물체가 있다. 멀리 보이는 얼음 평원 너머 하늘에서 나타나더니 곧 몇 개의 까만 점으로 변했다. 그 점들은 서서히 오모크의 상공을 향해 날아들었다.

어미 펭귄들의 울음소리가 요란스러워졌다. 새끼 펭귄들은 본능적으로 몸을 움츠리며 이리저리 뛰어다니기 시작한다.

"뭔가 하늘에서 나타났어!"

"아니, 저것들은 도대체 뭐지?"

눈평원을 뛰놀던 새끼들이 한곳으로 몰려들며 외쳤다.

"조심해! 침입자들이 나타났어!"

"무서운 포식자들이야!"

어미 펭귄들이 외치며 새끼 펭귄들 주변으로 모여들었다. 그 낯선 침입자들은 커다란 날개를 퍼덕거리더니 새끼들 바로 옆으로 내려앉았다.

"자이언트 패트롤이야!"

한 어미 펭귄이 걱정스러운 표정을 지으며 알려 준다. 그는 새끼들이 한곳으로 모이도록 부지런히 경고의 울음소리를 냈다. 난데없는 포식자의 등장으로 그야말로 비상 사태다.

"우리 새끼 펭귄을 잡아먹는 녀석들이지. 얘들아, 어서 단단히 뭉쳐 있어야 돼!"

한 어미 펭귄이 다급한 목소리로 요란스레 외쳤다. 오모크에 한바탕 무서운 공포와 전율이 스쳐간다. 다행히 새끼 펭귄들은 한쪽으로 몰려 시끄럽게 소리를 내며 다른 새끼 펭귄들의 몸에 자신의 몸을 밀착시켰다. 새끼 펭귄들이 똘똘 뭉쳐서 매우 겁먹은 울음소리를 내며 어미 펭귄들만 바라보고 있다. 뭔 일인가 일어날 조짐이다.

자이언트 패트롤은 일명 '풀마 갈매기'로 무척 덩치가 큰 새이며 펭귄들의 천적이다. 어미 펭귄보다 크기가 작지만 그 날개를 펼치면 족히 2m 정도가 된다. 굶주림에 지친 그들은 먼 바다로부터 날아와 새끼 펭귄들을 노리는 포식자이다. 몸이 까만 털로 덮여 있으며 황제펭귄들에겐 이 오모크에서 무서운 공포의 대상이다. 집요하게 새끼 펭귄을 공격하여 그들의 먹이로 삼는 경우가 종종 있다. 어미 펭귄에 비해 상대적으로 약한 새끼 펭귄을 집중적으로 노리는데 오모크에 나타나는 무서운 침입자들이다.

이때 자이언트 패트롤 한 마리가 날개를 좌우로 펼치며 새끼 펭귄 무리에게 다가왔다. 그리고 무서움에 떨고 있는 새끼 무리 속으로 돌진해 들어온다. 물살이 갈라지듯 새끼 펭귄들이 이리저리 흩어진다. 새끼들이 무서워 어쩔 줄 모른다.

"조심해. 흩어지면 안 돼!"

어미 펭귄들이 그 포식자의 뒤를 따라가며 경고의 울음소리를 지르지만 아무 소용도 없다. 포식자는 몇 번이고 위협적인 행동으로 새끼 펭귄들을 여기저기 갈라놓는다.

"아, 무서워! 뽀롱 뽀롱! 삐이 뽀롱! 삐아악!"

새끼 펭귄들이 모두 혼비백산하여 좌충우돌 오갈 뿐 한바탕 소란이 벌어진다.

마침내 그 자이언트 패트롤은 홀로 떨어지게 된 새끼 한 마리를 발견하고는 날카로운 부리를 치켜들고 그 새끼 펭귄에게 달려들었다.

"끼악 끼악! 삐이익! 끼악 끼악!"

뒤뚱거리는 걸음걸이로 새끼 펭귄이 소리를 지르며 피해 보지만 그 포식자는 인정사정없이 새끼 펭귄의 머리와 몸통을 쪼아댄다.

"새끼를 살려야 돼. 포식자로부터 그를 보호해!"

어미 펭귄 몇 마리가 나서서 그 자이언트 패트롤로부터 새끼 펭귄을 떼어 몸 뒤로 숨기며 외쳤다. 이내 그 포식자는 어미 펭귄의 등 뒤로 돌아와 새끼를 위협하며 달려든다. 그리고 포식자의 끊임없는 공격이 이어지지만 어미 펭귄들 역시 새끼 펭귄을 구하겠다는 집념이 대단하다.

마침내 10여 분의 밀고 당기는 실랑이 끝에 자이언트 패트롤도 지쳤는지 날개를 접고 가만히 서서 새끼를 지켜만 보고 있다. 이번에는 어미 펭귄들이 훌륭한 역할을 해냈다.

그 포식자는 힘이 다 빠진 듯 축 처진 날개를 접고 가쁜 숨을 몰아 쉰다. 그 주위를 어미 펭귄들이 둘러싸고 다시 공격할 틈새를 조금도 주지 않는다. 기세 등등하던 그 포식자는 한참 후 날개를 퍼덕이더니 이미 추위로 죽어 있는 새끼 펭귄의 사체를 날카로운 발로 잡고 부리로 몇 번 쪼아대고 나서야 힘겹게 날아올라 오모크를 떠나갔다.

아무튼 오늘은 침입자로부터 새끼 펭귄을 무사히 구했다는 안도감으로 어미 펭귄들이 끄르럭 울음소리를 냈다. 오모크에는 다시 평온이 찾아들었다. 그러나 그 포식자들이 언제 어디서 또다시 나타날지 모르니 오모크의 펭귄들은 경계심을 늦출 수 없었다. 시간이 흐르고 다시 새끼들이 오모크의 이곳 저곳을 돌아다닌다. 언제 무슨 일이 있었냐는 듯이 오모크의 풍경이 평화롭다.

먼 바다로 가는 동안 아바바는 펭귄의 무리를 자세히 살피며 그의 아비 펭귄 트래디를 찾으려 했다. 하지만 그 어디에도 트래디의 모습은 보이지 않는다.

"그는 지금 어디에 있지?"

아바바가 주위를 둘러보지만 트래디는 어디에도 없었다. 아바바는 눈 덮인 빙원에 멈춰 서서 애타는 마음으로 부리를 아래 위로 저으며 마구 울어댔다.

"트래디! 난 당신이 보고 싶습니다."

지금 아바바는 매일 하루에 다섯 시간 동안 바다에서 먹이 사냥에 몰

·두하고 있다. 몸이 지치면 유빙으로 올라가 쉬곤 한다. 다시 그는 물속 깊이 잠수해 들어간다. 바다의 흐름을 온몸으로 느끼다가 오징어 떼를 쫓아가던 그는 수심 300여m 지점에서 뭔가 다른 물살을 마주친다. 아 바바는 이제 능숙해져서 그것이 또 다른 흐름의 해류란 것도 알고 있다. 그는 바닷속 깊이까지도 가늠할 수 있는 능력도 갖추었다. 그런데 갑자 기 오징어 떼를 몰던 그가 방향을 바꾸어 수면 쪽으로 쏜살같이 헤엄쳐 간다. 유빙의 희미한 그림자가 보이자 그는 온 힘을 다해 수면 위로 솟 구치며 유빙 위로 올라선다. 마치 유선형의 물체가 내려 꽂히듯 얼음 위 로 배를 깔고 착륙한다. 이내 두 발로 일어선 그는 옆의 동료들에게 기 쁜 울음소리를 질렀다.

"알았어! 드디어 내가 알아냈다고!"

아바바는 트래디가 말한 수수께끼 같은 질문에 대한 해답을 얻었다는 기쁨에 가득 찼다.

"자, 생각해 냈어. 한 면의 끝을 비틀어 뒤집어서 붙이면 된다고. 그럼 오모크와 호수가 한 면에 존재하게 되지!"

그의 말에 다소 어리둥절한 펭귄들이 그 주위로 몰려들어 묻는다.

"무슨 일이야?"

"그게 뭔데?"

"무슨 말인지 설명 좀 해 봐."

아바바는 그동안 펭귄 트래디로부터 아니 더 정확히 말하자면 조상

대대로 내려오는 아주 비밀스런 질문에 대한 해답을 찾아냈음을 알리고 그 자초지종을 자세히 설명했다.

"아, 그렇구나!"

"그럼 우린 바로 그 푸른빛이 감도는 호수로 갈 수 있는 거야?"

아바바는 다른 펭귄들의 질문에 그렇다고 대답하고는 어떻게 가는지는 더 새로운 생각을 해 봐야겠다고 모두에게 전했다. 트래디가 말한 '조상들의 수수께끼' 에 대한 해결 방법이 나왔지만 그것이 어떤 의미를 지니는가를 그는 아직 알 길이 없었다. 생각의 전환을 더 시도해 보고자 하는 그에게 이제 펭귄 트래디의 모습이 보이질 않는다. 아바바가 스스로 생각해야 할 시기가 온 것이다.

이제 새끼 펭귄들은 어미의 품에서 나와 거의 끼리끼리 모여서 대부분의 시간을 보낸다. 서로 조잘거리는 모습을 보며 어미 펭귄과 아비 펭귄들은 예전 자신의 모습을 떠올린다. 새끼는 먹이를 주려고 나타나는 제 아비와 어미를 멀리서도 재빨리 알아챈다. 흐르는 세월은 남극의 바람처럼 금방 왔다가 눈 깜짝할 사이에 바로 사라지지만 혹한의 추위에도 오모크에는 사랑과 평화가 가득하다.

하얗게 보이는 얼음 평원이 잠시 떠오른 태양 아래서 빛나고 있다. 그리고 새끼 펭귄들을 위한 부모의 사랑에도 변화가 생겼다. 새끼들이 커가면서 펭귄 부모들이 달라진 점이 있다면 더 이상 품 안에서 새끼를 키우지 않는다는 점이다. 오히려 품속으로 파고드는 새끼들을 발로 막아 품으로 기어들지 못하게 하고 있다. 가혹한 추위 속에서도 기꺼이 알을 품었던 그 발로 새끼를 막아낸다. 사실 새끼 펭귄의 덩치가 너무 커져 부모 펭귄들은 새끼를 품에 안을 수도 없었다.

"너무 어미에게만 매달리면 안 돼."

"눈밭을 이리저리 돌아다녀 보렴. 튼튼한 발을 지녀야 봄이 오면 먼 길을 떠날 수 있어."

이즈음 이런 말이 펭귄 부모들이 새끼에게 하는 말이다. 이게 새끼 펭귄들을 품에서 쫓아내 유아원으로 보내서 새끼들끼리 잘 놀도록 한 펭귄 부모의 현명한 육아 방법이었다. 그리고 펭귄 부모와 새끼 모두에게 커다란 변화가 일어났다.

추운 겨울 기운이 조금 사그라지고 태양이 떠올라 빙원 위에 머무는 시간도 점차 늘어간다. 기온은 올라가고 펭귄 부부는 교대로 열심히 새끼를 돌본다. 해빙기가 오고 얼음이 녹자 바다는 훨씬 오모크에 가까워졌다. 하지만 그 혹독한 겨울이 끝나 봄이 오면 펭귄들의 부모는 홀연히 새끼 펭귄 곁을 떠나간다.

어미 펭귄이 새끼 펭귄의 넝지가 급속히 커져 더 이상 충분하게 먹이질 못할 무렵, 펭귄 부모들은 몸을 굽히지 않고서도 마주 서서 새끼에게 먹이를 줘야 한다는 걸 알고서는 새끼 펭귄 곁을 떠나갈 때임을 인식한다.

"우리 새끼 펭귄이 다 자랐어."

"저 모습 좀 봐. 멋있게 다 자랐어."

"이것 봐. 아주 영리한 짓만 하고 있어."

펭귄 부모들도 새끼 자랑에 여념이 없다.

그럼에도 불구하고 부모 펭귄들은 바다로 나가 먹이를 구해 돌아오는 횟수가 뜸해지다가 어느 날부터인가 더 이상 오모크로 돌아오지 않는다. 더 이상 어미들은 새끼들에게 먹이를 공급하지 않는다. 일정한 예고도 없이 그들은 새끼들을 오모크에 놓아 두고 바다로 가서는 돌아오지 않는다. 어린 새끼들을 바다까지 인도하지도 않고 그 새끼들이 자신의 힘으로 바다로 가도록 오모크에 그냥 남겨 둔다. 이런 처사는 어미로서 냉정하지 않은가 할지 몰라도 가혹한 환경에서 살아가는 능력을 기르는 한 방편이다. 이 세상 자연계에선 자식들이 부모 품을 떠나가지만, 황제 펭귄들은 새끼들을 충분히 돌보고 난 다음, 때가 되면 자신들이 새끼 곁을 홀연히 떠난다.

"그건 새끼들의 운명이지."

"스스로 삶을 준비하는 것만이 이 얼음 대륙에서 살아남는 유일한 진리야."

이런 사실을 펭귄 부모들은 잘 알고 있다. 자신들도 한때는 이 같은 새끼의 운명을 지녔었으니까. 부모의 사랑은 변치 않지만 여기 또 새로운 세대가 시작된다. 수천 수만 년을 반복적으로 이어진 일이다.

사랑으로 키워진 새끼들은 또한 사랑을 잘 알고 그 사랑으로 다음 세대를 이어간다. 펭귄들에겐 적어도 수만 년의 세월을 그렇게 견뎌왔고 앞으로도 수만 년 넘게 이러한 사랑을 실천해 나갈 것이다. 펭귄은 사랑을 몸소 실천하는 위대한 종족이다.

새끼 펭귄들의 털갈이가 시작되고 눈 주변이 검어지고 등에는 솜털이 빠지기 시작하여 제법 어미와 닮은 모습을 갖추어 갈 때, 부모 펭귄들이 바다로부터 돌아오는 횟수가 점차 뜸해지고 드디어 새끼 펭귄들도 스스로 삶을 준비해야 할 시기가 되었음을 느낀다.

"삶과 생존은 준비하는 자에게만 주어지지."

그것이 새끼 펭귄들이 조금씩 터득해 가는 생존의 비법이다.

봄이 오면 새끼 펭귄들은 그들이 자란 서식지 오모크를 떠나 남빙양의 푸른 바다로 나가 그들 스스로 먹이를 찾는다. 그리고 바다를 배우고 또한 자신을 잡아먹으려는 무서운 물개도 마주치며 치열한 삶 속으로 뛰어든다. 그 고난 속에서 그들은 더 강해지고, 이 얼음 대륙에서 더 번성할 것이다. 교대로 먹이를 주던 아비 아바바와 어미 지니도 봄이 오는 11월 즈음, 그들 새끼 펭귄 곁을 떠나갈 것이다. 그리고 새끼 펭귄은 봄바람에 얼음이 녹아 한결 가까워진 남빙양의 푸른 바다로 나가 새로운 삶을 살아 갈 것이다.

누구든 부모의 사랑을 받아 봐야 그 사랑의 가치를 알게 되고 그 사랑을 받아 본 자가 사랑을 베풀 수 있다.

　조류는 일반적으로 부모가 새끼를 평생 보살피지는 않는다. 조류의 대부분이 알을 낳고 먹이를 구해 새끼를 기르지만 새끼가 생존 능력을 갖추게 되면 곧바로 새끼를 떠나 보낸다. 어미들은 새끼에게 무한한 사랑을 베풀지만 어느 시기가 오면 미련 없이 떠난다. 먹이 영역이 아주 다른 지역으로 멀리 가버리거나 자신의 새끼를 아주 멀리 보낸다. 조류는 날 수 있다는 특성상 활동 범위가 아주 넓기 때문이다. 황제펭귄 부모는 새끼가 생존 능력을 갖추었다고 판단될 때는 더 이상 새끼에게 먹이를 주지 않는다. 그리고 바다에서 그들 서식지인 오모크로 돌아오지 않는다. 그리고 오모크엔 새끼 펭귄들만 남겨지게 된다. 이즈음 새끼들은 추위와 굶주림을 참아낼 수 있는 체력을 지니게 된다. 아직 등털도 까만 빛이 아닌 회색이고 목덜미에 황금색 털을 지니지 않았지만 이제 진정한 황제펭귄으로서의 삶이 시작된다. 펭귄 부모가 더 이상 돌아오지 않는 오모크엔 펭귄 부모 덩치만 한 새끼 펭귄들로 가득하다.

새로운 삶을 찾아서

　오모크에 다시 해가 떠오르고 아침이 밝아 온다. 바람도 잦아들고 기온도 조금씩 상승하고 있다. 새끼 펭귄들이 이리저리 오가며 울어대고 즐겁게 재잘거린다. 벌써 수일 동안 먹이를 먹지 못하고 굶주렸지만 그 래도 새끼 펭귄들은 마냥 즐겁다. 빙판 위를 오가던 새끼 펭귄이 넘어지 는가 하면 작은 눈더미 위아래를 오고 가는 새끼 펭귄들도 있다. 그러나 이제는 이 오모크엔 어미 펭귄이 한 마리도 보이질 않았다.

어느 순간 주위가 잠잠해지고 침묵이 오모크를 감싸고 참기 어려운 고요함이 새끼 펭귄들을 감싸고 흘렀다.

"왜 우리만 남아 있지?"

"이제 우린 어쩌지?"

한 새끼 펭귄이 부리를 흔들며 말했다.

그 소리에 모두들 주변의 새끼 펭귄을 살펴볼 뿐 다시 적막이 흘렀다.

"아빠도 엄마도 보이질 않아."

"나도 그들을 못 본 지 사흘째야."

"그럼 그들은 우리에게 안 돌아오는 거야?"

펭귄 부모들의 모습이 보이질 않자 새끼 펭귄들은 뭔가를 깨닫기 시 작한다. 조만간 그들은 넓고 하얀 얼음뿐인 세상에 홀로 남겨진 사실을 인식할 것이다.

"우리도 떠나야 하지 않을까?"

무리 중 유난히 덩치가 큰 새끼 펭귄이 말한다.

새끼 무리 중에 끼어 있던 한 펭귄이 작은 날개를 재빠르게 파닥파닥

거리며 높은 울음소리를 냈다.

"그래, 떠나자. 새로운 곳으로!"

"지금 길을 나설 때가 된 거야!"

그들은 어른 펭귄들이 사라진 쪽을 바라보며 이구동성으로 부리를 들어 힘찬 소리를 질렀다. 그 너머에 무엇인가 자신들이 찾아야 할 새로운 신천지가 있음을 그들은 본능적으로 알고 있었다. 바야흐로 새로운 삶의 여정을 알리는 신호다.

벌써 앞서거니 뒤서거니 새끼 펭귄들의 행렬이 오모크를 빠져나가고 있다. 곧 눈평원 사이로 뒤뚱거리며 걸어가는 새끼 펭귄들의 긴 행렬이 이어졌다.

그들은 본능적으로 바람을 등지고 걸어가고 있다. 그 어딘가 이 길 끝에는 그들이 찾는 삶의 터전이 있다는 걸 알고 있다. 그들은 내륙의 중심부로부터 바다로 불어 가는 바람 길을 누가 가르쳐 주지 않아도 알고 있다. 참으로 경이적인 본능이다. 봄이 다가와 대륙에 봄바람이 불고, 얼었던 바다가 녹아 한결 그들 가까이 있음을 보지 않아도 이미 안다. 저 멀리 보이는 하늘 아래 그들이 찾아가고 있는 바다가 그들을 부르고 있음이 분명하다.

그러나 그들의 여정이 순탄한 것만은 아니다. 바람을 막아 주고 평탄했던 오모크와는 달리 그들이 가는 길목은 다소 거칠다. 낮은 구릉이 있는가 하면 길게 갈라진 얼음 구덩이가 나타난다. 종종 눈보라가 일어 가는 눈 알갱이들이 바람에 묻혀 그들의 몸을 휘감아 때린다. 새끼 펭귄들은 길에서 미끄러지고 웅덩이에 빠지고 날개를 파닥이며 온 힘을 다해 울퉁불퉁한 눈평원을 가고 또 간다. 세상은 쉬운 곳이 아니란 걸 알리는 고난과 위험한 여정이 그들을 기다리고 있었다.

새끼 펭귄들은 빙판 위에서 잠시 휴식을 취하며 다시 하루를 보내고 길을 나선다. 그들은 작은 얼음 웅덩이나 그들의 키만큼 솟은 얼음 구릉에는 익숙해져 아주 즐거운 듯 넘어선다. 요령이 생겨 평탄한 곳이 나오면 둥근 배를 깔고 쭉 미끄러지며 앞으로 나갔다. 그런데 그들의 여행에 예기치 못한 일이 발생했다. 포식자 자이언트 패트롤이 다시 나타난 것이다. 포식자의 공격을 막아낼 노련한 어미 펭귄들도 없었다.

"포식자가 다시 나타났어!"

"아이, 무서워!"

자이언트 패트롤은 그들이 전진하는 길 앞에 떡 웅크리고 앉아 버티고 있었다. 날카로운 부리를 들고 그들에게 다가선다. 새끼 펭귄 몇몇이 서로를 감싸 하나로 뭉친다. 바람이 불고 눈보라가 바닥을 쓸고 지나간다.

"아, 이걸 어떻게 하지. 무서운 포식자야."

둥글게 뭉친 새끼 펭귄 무리 앞으로 가장 덩치가 큰 새끼 펭귄이 가슴을 벌리고 막아 섰다.

"아니, 막을 수 있어. 우리에게도 힘이 있어!"

그들은 오모크의 어린 펭귄이 아니었다. 이제는 새끼 펭귄들의 덩치가 자이언트 패트롤보다 훨씬 커져 있었다. 그 포식자마저 감히 덤벼들지 못하고 기회를 엿보고 있다. 눈보라가 치고 포식자는 길을 막고 있다. 그 포식자는 선뜻 달려들지 못하고 있었다. 그런데 이런 팽팽한 긴장감이 깨지길 기다렸다는 듯이 눈보라 속에서 작고 새까만 어미 펭귄이 나타나 새끼들의 앞에 섰다. 덩치는 새끼들보다 훨씬 작았지만 날카롭게 울어대는 소리에 포식자는 움찔 놀란다. 포식자는 이미 이 작은 펭귄이 성질이 사납고 만만치 않은 아델리 펭귄임을 금방 알아차렸다.

"내가 이들을 보호하니까 더 이상 덤비지 마! 끄윽!"

아델리 어미 펭귄이 용감히 외친다. 자이언트 패트롤은 아델리 펭귄이 얼마나 사납고 공격하기 힘든 존재인지 이미 경험을 많이 해 보았다. 눈보라 속에서 서로 대치하며 한참 시간이 흐른다. 포식자는 더 이상 다가오질 못하고 대결을 포기하듯 몇 걸음 물러서더니 날아가 버린다.

"이런, 우리가 이겨냈어!"

"그런데 이 어미 펭귄은 누구지?"

"앞장 서서 우리를 도와준 펭귄은?"

자그맣고 까만 덩치로 새끼 펭귄들 앞에 당당히 나타난 어미 펭귄이 말했다.

"난 아델리 펭귄이야. 저 못된 포식자는 가차없이 내쫓아야 돼! 우리가 항상 조심하고 경계해야 할 존재지."

그의 눈은 하얀 동그란 띠를 두르고 등에 난 털은 아주 까만 아델리 펭귄이었다. 덩치는 오히려 새끼 펭귄들보다 훨씬 작은 모습이었지만 아주 용맹해 보였다.

"너희들은 어린 황제펭귄들이구나. 아직 목덜미에 황금색 털도 나지 않고 등털도 털갈이를 다 못한 새끼들이구나."

그는 이렇게 말하고는 누워서 휴식을 취하려는 새끼 펭귄들을 바라보며 마구 재촉하며 "끄으 끄으" 소리를 지른다.

"아직은 여기도 위험한 지역이야. 속히 바다로 가야 돼."

그는 부리로 새끼 펭귄들을 떠밀다시피 하여 모든 새끼 펭귄들이 다시 길을 나섰다. 세상에 태어나 처음 받아 본 도움에 감복하며 그들은 작은 아델리 펭귄에게 쫓겨 눈보라 속으로 다시 길을 나섰다.

황제펭귄 새끼들은 본능적으로 바다를 찾아간다. 지금은 해빙기가 되었기 때문에 오모크는 한결 바다 가까이에 다가서 있어 비교적 짧은 여행이 된다. 특이한 점은 새끼 펭귄들이 그들의 부모 펭귄을 찾아가는 것이 아니라 자신들의 삶의 터전을 찾아 나선다는 점이다. 어미의 도움 없이 스스로 얼음 해안을 찾아 나서 도착하는 그곳이 기본적인 터전이 된다. 황제펭귄과 아델리 펭귄의 바닷가 먹이터가 겹치는 일도 가끔 발생하지만 어른 황제펭귄은 주로 유빙 위에서 대부분의 생활을 하므로 이들이 뒤섞이는 일은 없다. 황제펭귄의 서식지는 남극 대륙 전 해안에 걸쳐 60여만 마리가 서식하는 걸로 밝혀졌는데 주로 유빙 위에서 생활하므로 바다를 떠도는 얼음 위로 뛰어오르는 모습을 관찰할 수 있다.

황제펭귄의 먹이 사냥은 주로 낮에 이루어진다. 정확히 말하자면 새벽에 바다로 가 먹이 사냥을 한 후 저녁 해가 질 무렵 돌아온다. 겨울이 오면 펭귄들이 먹는 먹이가 더 적음에도 불구하고 좀 더 빛이 많은 북쪽으로 서식지를 이동하는 경우가 종종 있다. 펭귄들은 포식자인 바다표범을 피하기 위해 안전한 곳을 서식지로 삼는다. 심지어 펭귄들이 먹이 사냥을 마치고 돌아오는 길목에 있는 포식자를 피하기 위해 멀리 떨어진 곳으로 상륙하여 서식지로 걸어 돌아온다는 사실도 밝혀졌다. 그것은 약육강식의 자연 세계에서 살아남기 위한 펭귄들의 필사의 생존 전략이다.

펭귄 아바바의 삶에 대한 이야기를 정리하면 이렇다.

수컷 펭귄 아바바가 눈폭풍과 하얀 빙원의 가혹한 강추위를 막고 견뎌내며 자식인 새끼 펭귄을 훌륭히 키워냈다. 자신의 몸 일부인 펭귄 밀크를 새끼에게 먹여 몸무게가 반으로 줄어갈 때도, 그는 기쁘게 새끼를 돌보았다. 새끼의 먹이를 위해 수백 km의 빙판을 오랜 시간 밤낮을 걸어 오고 갔다.

그리고 자신을 잡아먹을지도 모르는 바다표범과 범고래들 사이에서 자신의 새끼를 위한 먹이를 몸 바쳐 구하곤 했다. 그리고 새끼 펭귄이 털갈이를 마무리해 갈 무렵 봄이 올 때 아비 펭귄 아바바와 어미 펭귄 지니는 홀연히 그들의 새끼 곁을 떠나갔다.

그리고 왜 그렇게 하는가는 모든 부모 펭귄들은 잘 알고 있다!

펭귄들의 새끼 사랑에는 오만한 점이 없다. 무리 앞에 나서서 그 중 제일 잘 나가야 한다는 기대감을 갖지도 않는다. 또한 먹이를 지나치게 먹이지도 않는다. 새끼 혼자만 추위를 피하는 방법을 가르치지도 않는다.

왜 그러할까?

그건 그들이 살아 온 과정에서 배운 훌륭한 가르침이 있기 때문이다. 그들이 날기를 포기하지 않아서 지금처럼 퇴화되지 않았으면 그 날개는 물속을 돌아다니는 데 너무 불편해 물개들한테 다 잡아먹혔을지도 모른다. 그래서 그들은 큰 날개를 포기하고 물속 비행에 딱 맞는 지느러미를 닮은 작은 날개로 진화했다.

"우리가 빠르게 헤엄칠 수 있는 건 바로 이 작은 날개 때문이야."

그들은 새끼들의 안전을 위해 겨울에 얼음 대륙의 깊은 곳으로 이동한다. 그리고 새끼를 보호하고 키우느라 몇 달이고 굶는다. 만약 굶는 것이 힘들어 얼음 해변에 그대로 머물러 자신의 주린 배만 채웠다면? 그 결과는 뻔할 것이다.

만약 그들이 추위를 피해 조금이라도 더 따뜻한 얼음 해변으로 돌아가 버렸다면?

오모크에 불어 닥친 추위를 피하려 자신만 무리의 안쪽에 머무르려 했다면? 그들의 무리는 모두 얼어죽어 멸종의 길을 걸었을 것이다. 자식을 위해 자신을 헌신하는 것이 곧 자신과 종족을 살리는 길이란 걸 이들 펭귄은 어떻게 알게 되었을까?

"전체가 한 마음이고 모두가 모두를 위하지."

이 간단한 답변이 이 무리를 수십만 년이나 생존을 유지하게 만든 비밀이다.

수많은 종족이 멸종되어 가는데도 펭귄들의 생존은 수십만 년을 이어왔다. 배려 없는 이기심과 경쟁의 결과를 이미 멸종된 생물체에서 쉽게 찾을 수 있지 않은가? 그들이 위대한 건 아는 것에 그치지 않고 그 생존의 비밀을 간직하고 실천하고 있다는 점이다. 실천하는 자만이 살아남는다, 그런 기적으로!

펭귄들은 바다를 가르거나 영토를 주장하지 않으며 그들의 먹이터를 소유하려 하지 않는다. 그 무리에서 지배자가 되려는 펭귄도 없다. 그저 자신의 헌신과 작은 사랑만으로도 그들은 충분히 행복하다. 그들은 행복은 저절로 걸어 들어오지 않으므로 스스로 찾아야 한다고 생각한다. 그들이 늘 하는 생각이 아닐까 싶다.

황제펭귄 새끼들의 새로운 무리가 드디어 파도가 찰랑거리는 얼음 해안에 도착했다. 그들은 가파른 얼음 벼랑 끝에 섰다. 이제부터 더 전진할 곳은 바다뿐이다.

그들은 처음 보는 커다란 바다를 신기한 듯 바라보며 모두 얼음 벼랑 끝에서 어쩔 줄 모르고 우왕좌왕 오가기만 한다.

"우와, 물이 넘쳐나고 있어."

"무척 깊은가 봐. 온통 검푸른색이야."

아직도 등에 하얀 솜털이 군데군데 묻어 있는 새끼 펭귄들이 외친다. 태어나서 바다를 생전 처음 본 새끼 펭귄들의 두려움과 기대감이 섞인 울음소리가 사방으로 퍼져 나갔다. 누구든 먼저 이 새로운 상황을 돌파해야 한다.

이때 야생적 본능에 따른 선택이 일어났다.

새끼 펭귄 한 마리가 미끄러지듯 얼음 벼랑을 뛰어내려 바닷물 속으로 첨벙 소리를 내며 들어가 물속으로 사라졌다가 바로 수면 위로 올라와 가쁜 울음소리를 내며 소리친다.

"자, 나를 따라 뛰어내려 봐! 정말 기분이 좋아!"

이 말을 들은 다른 새끼 펭귄들 몇몇이 용기를 내어 연이어 바다로 참방참방 소리를 내며 잠수하자 나머지 펭귄들도 모두 바다로 뛰어든다.

얼음 빙판 주변이 이들이 일으키는 작고 하얀 물보라로 가득 찬다. 몇몇 어린 펭귄들은 물속으로 잠수해 들어가며 하얀 공기 방울의 꼬리를 남긴다. 따로 배우지 않아도 모두 능숙하게 수영을 한다. 수십만 년에 걸쳐 존재해 온 유전자가 바로 이 어린 펭귄들의 몸속에도 있었다. 펭귄으로서의 진정한 삶이 막 시작되고 있다.

중도에서 그들을 구해 준 아델리 펭귄을 따라간 무리도 있었다. 그들이 도착한 곳은 아델리 펭귄의 영토였다. 이곳에 온 새끼 펭귄들 누구도 다음에는 무엇을 해야 할지 몰라 뽀록뽀록 요란한 소리를 내며 울고만 있었다. 이때 아까 그 아델리 펭귄이 나타나 새끼 펭귄들을 부리로 쪼려 하자, 새끼 펭귄들은 요리조리 피해 다닌다. 또 어디서 나타났는지 아델리 펭귄 몇 마리가 더 나타나 새끼 펭귄 무리를 이리저리 내몬다.

"왜 갑자기 우릴 내모는 거야!"

새끼 펭귄들이 이리저리 내몰리며 아델리 펭귄들을 피해 다녔다. 그러다 쫓기던 새끼 펭귄 한 마리가 절벽 아래로 미끄러져 바닷물 속으로 첨벙 소리를 내며 빠진다.

"그래, 그거야! 아주 잘하는군!"

아델리 펭귄이 외쳤다.

바다에 빠진 그 새끼 펭귄은 잠시 허우적거리더니 곧 익숙히 날개를 저으며 아주 즐거운 울음소리를 지르고 이리저리 헤엄쳐 다닌다. 이걸 보자 여기저기서 새끼 펭귄들이 얼음 턱을 뛰어내려 바다로 들어간다. 그리고 이내 수면 위로 떠올라 허우적거리는 날갯짓으로 작은 물보라를 일으킨다. 얼음 턱 아래의 수면이 찰랑거리는 하얀 물보라로 가득하다.

"모두 잘하는군. 거기가 너희들의 새 터전이야!"

아델리 펭귄들이 부리를 흔들며 모두 그렇게 외쳤다.

그제서야 새끼 펭귄들도 왜 아델리 펭귄 어미들이 자신들을 몰아댔는지도 알게 됐다.

"아, 그런 깊은 뜻이 있었구나."

새끼들에게 처음 뛰어든 바다는 무척 따뜻했다. 빙판 위 영하의 추운 날씨보다 훨씬 따뜻한 섭씨 2도나 되는 바닷물은 오히려 포근하다. 새끼 펭귄들은 방수가 안 되던 솜털도 다 빠지고 이제 어엿한 어른 펭귄의 모습을 갖추어 간다. 몸 전체에 아주 밀도 높은 빽빽한 깃털이 나고, 그 깃털과 피부 사이에 작은 공기 입자를 가두어 둘 수 있어 아주 능숙한 수영을 할 수 있다. 유선형의 몸매, 날카로운 돌기를 갖춘 부리, 물을 박차는 물갈퀴와 강인한 다리, 그리고 물속에서 80도 가까이 회전할 수 있게 만드는 지느러미 날개로 인해 새끼 펭귄들은 바다를 삶의 터전으로 살아가는 멋진 항해자가 되었다. 바다가 그들 삶의 터전이 되었다.

아델리 펭귄 어미들이 모두 등을 돌려 그 좁은 얼음 영토를 떠난다. 아마 그들은 이미 그곳이 저 새끼 펭귄들의 삶이 시작되는 작은 영지임을 알고 있기 때문인 것 같다. 황제펭귄 새끼들은 항상 그들의 영토를 유빙 위 혹은 얼음 지대로 정한다. 아델리 펭귄들이 미련없이 그들의 얼음 곳을 물려주고 바로 건너 새로운 영토를 찾아간다. 남극 해안 주변의 유빙 위에서는 아델리 펭귄과 황제펭귄들이 조우하는 일이 종종 있다. 하지만 아델리 펭귄은 땅이 드러난 해안을 더 좋아하고 번식기에는 둥지를 지을 조그만 자갈이 있는 장소로 이동한다. 아무튼 황제펭귄 새끼들을 위한 아델리 어미 펭귄들의 마음과 배려가 참 아름답다.

남극 대륙의 전 해안에 걸쳐 펭귄 종들이 서식하고 있다. 그들은 지구상 가장 건조하고 야생적인 추운 지역에서 살고 집단으로 생활하며 종족을 이어 간다. 이런 집단 생존 체제는 다른 생물종에서도 볼 수 있다. 개미나 벌이 대표적인 경우며 포유류도 대소 집단을 이루어 생존을 모색한다. 그럼에도 불구하고 때로는 생존을 위협하는 일이 종종 발생한다. 그중 특이할 만한 것으로 내부의 적, 즉 동족을 살상하는 일이 생물계에서는 아주 빈번하다.

개미나 벌이 아주 훌륭한 생존 능력과 체제를 갖추었지만 일단 동족간의 전쟁과 살육이 벌어지면 그 모습은 살벌히다. 개미는 집단 체제 내에 계급을 두고 있다. 병정개미, 일개미, 그리고 여왕개미로 그들 각자의 의무와 임무가 따로 있다. 벌 또한 일벌, 여왕벌, 싸움벌인 수벌 또는 이종인 말벌, 쌍살벌 등은 서로의 이해관계로 인해 한쪽의 종족 보전을 위해 다른 한쪽을 침략하고 무너뜨린다. 개미 집단 또한 그들의 영토를 확장하는 과정에서 다른 집단의 개미를 살육하고, 심지어 어떤 개미종은 다른 종의 개미들을 노예로 삼기도 하는 등 약육강식의 법칙이 존재한다. 그게 생물계의 자연 법칙으로 마치 생물 집단체제의 본능처럼 작용한다.

그중 호모 사피엔스 종은 이 모든 생존 법칙의 장단점을 가리지 않고 받아들여 나라와 같은 큰 집단은 물론이고 작은 규모의 체제 내에서도 끊임없는 전쟁과 살육을 늘 일으킨다. 이해관계가 서로 부딪히면 호모 사피엔스끼리도 서로 죽이기를 서슴지 않는다. 동물 집단에도 역시 개미나 벌과 마찬가지로 각종 계급과 규칙들이 존재한다. 예를 들면 포유류인 사자 집단에서도 몇 마리만 모여도 거기서 서열이 생겨난다. 이러한 상황들은 종족의 보전과 생존이라는 결과이자 목표로 나타난다.

그러나 펭귄 종은 아주 특별한 존재다. 더 좋은 환경, 더 많은 것을 소유하려 동족 간에 쟁탈전 같은 것을 벌이지 않는다. 자연계의 일반 법칙대로라면 덩치가 크고 힘이 센 황제펭귄이 나머지 펭귄들을 제압하여 약탈하고 죽이고 억누르고 그 세계를 지배하여야 한다. 내부에서도 계급이 생기고 서열을 따져 그런 체제를 구축하여야 한다.

하지만 펭귄 종을 보면 그것은 완전히 잘못된 생각이다. 펭귄들이 모이는 집단에서는 계급이 없으며 서열도 정하지 않는다. 내부에서 서로

죽이는 싸움도 없고 다른 종의 펭귄을 공격하거나 그들로부터 먹이를 탈취하지도 않는다. 모두 각기 살면서도 집단을 이루며 수십만 년을 종족 보존과 번성에 성공한 생물종이다.

어떻게 지배자나 지도자가 없는 집단이 훌륭한 생존의 전략과 체제를 갖출 수 있는가? 왜 그들은 자신의 영토를 넘어 다른 영토를 탐내지 않는가? 그들은 왜 자신에게 필요한 것을 끌어 모으려 탐욕스런 행동을 하지 않는가? 그러고도 그들이 남극 대륙에 번성하는 생물종이 되었다는 것은 과연 무엇을 의미하는가?

여기에서 살펴본 단 한 마리 펭귄 '아바바'의 삶을 보건대 그들 펭귄 종의 모든 것은 헌신적 사랑에 출발점을 두고 있다. 펭귄 아바바가 겪고 이어 나가는 그 모든 것이 펭귄 종족의 생존과 번영을 받치는 훌륭한 디딤돌임에 틀림없다.

황제펭귄들은 알을 보호하기 위해 기꺼이 고난의 길로 들어선다. 새끼가 안전하다면 수백여 km의 얼음 빙판 길도 마다 하지 않는다. 새끼를 위해 굶주리고도 자신의 먹이를 토해 새끼를 먹인다. 자신이 죽을 수 있는데도 새끼에게 먹일 머이를 위해 자신들을 노리는 바다표범과 범고래들이 숨어 기다리는 바다로 뛰어든다.

그리고 혹한의 추위를 무릅쓰고 눈보라를 견딘다. 그것도 자신을 위한 것이 아니다. 새끼들이 생존을 위한 가장 기본적인 준비를 할 때까지 그들은 숭고한 아비와 어미의 길에 최선을 다한다. 이게 바로 아바바가 속한 펭귄 종족의 생존 비결이다. 그리고 여기 그렇게 자란 아바바의 새끼 펭귄이 새로운 삶을 시작한다.

아바바의 헌신적인 사랑은 왜 필요한 것일까? 새끼의 생존과 종족의 번식을 위해 꼭 필요하기도 하지만 그건 사실 아바바 자신을 위해 그가 선택하고 그가 가는 길이다. 그가 아비로서 그런 헌신적 사랑의 행위를 하지 못한다면 자신의 존재를 실현할 수 없다. 다시 말하면 아바바가 겪는 모든 과정은 태생적 본능이자 자아를 찾는 과정으로 자신이 새끼에게 베푸는 헌신적 사랑을 통해 자신이 세상에 존재할 이유를 얻는다. 헌신적 사랑이란 누군가를 위한 끝없는 베풂이기도 하지만 자아 실현을 위한 최고의 경지로 들어가는 문이기도 하다. 세대와 세대를 이어 내려가는 높고 거룩한 가치가 생물학적 본능과 더불어 펭귄 아바바가 살아가는 이유 중 주요한 하나를 얻게 만든다.

펭귄 아바바는 지금도 남극의 얼음 대륙 어딘가에서 그의 삶을 열심히 살아가고 있다고 확신한다. 가장 훌륭한 삶은 쓰디쓴 고난, 기나긴 기다림 그리고 헌신적 사랑을 반드시 필요로 한다.

그가 주는 훌륭한 가르침은 희망, 기다림, 헌신과 희생 그리고 사랑의 힘이 무엇인가를 끊임없이 일깨워 준 것이다. 그는 예쁘고 다정하고 아주 훌륭한 생명체이다. 여기 한 마리의 펭귄 아바바는 호모 사피엔스 종족인 인류가 애타게 추구하는 최고의 가치인 사랑을 이미 실천하고 있다!

2부

펭귄들 '오모크'에서 말하다

우리는 오직 사랑을 함으로써 사랑을 배울 수 있다.

We can only learn to love by loving.

– Iris Murdoch, 아이리스 머독 –

'오모크' 펭귄 모임에 나온 등장 인물들

아비 펭귄 아바바와 어미 펭귄 지니

트래디의 동료 펭귄 올드윙

아바바와 지니의 새끼 펭귄

펭귄 57호 나(작가)

펭귄 6213호

펭귄 아바바의 이야기가 끝났다고 생각한 나(펭귄 57호)는 이 이야기를 마무리한다. 그런데 가슴 한쪽에 이야기 속 주인공들의 여러 가지 행위와 생각들이 어떠할까 무척 궁금해졌다. 그래서 펭귄들의 이야기에서 보고 느낀 점을 서로 살펴보려고 펭귄 57호 스스로 만들어 낸 등장 인물들을 불러 모았다. 펭귄 57호 자신이 다른 등장 인물들과 함께 흥미로운 대화를 나누어 보려고 한다. 나(펭귄 57호)는 앞의 1부에서 쓴 '펭귄 아바바'를 읽은 이들이 느낀 감상과 감동을 서로 토론해 보길 원한다. 모두 아바바의 이야기뿐만 아니라 펭귄들의 삶에서 벌어지는 극적인 요소들이 아주 가치 있고 감동적이었다고 말한다.

그것이 바로 여기 '펭귄들 오모크에서 말하다'에 나오는 대화의 소재와 주제다.

왜 펭귄 아바바의 이야기가 감동적이었는가?

모두들 다시 얼음 대륙에 위치한 서식지 오모크에 모여 진지하게 토의해 보려고 한다.

앞의 이야기에 나온 것처럼 이 오모크는 펭귄들의 탄생지일 뿐만 아니라 펭귄들의 마음속 고향이다. 이제 펭귄들만이 아는 그들의 언어로 이야기하겠지만 펭귄 57호도 그들 언어를 알고 기억하고 함께 대화를 나눌 수 있다고 가정하고 모두 오모크로 불러 모았다. 하늘 높이 절벽으로 솟아 봉우리가 평평한 얼음 절벽을 배경으로, 하얀 눈 덮인 빙원 한가운데 위치한 광장으로 모두 모였다. 주변엔 황금빛 털을 목에 두른 펭귄들이 이리저리 오가고, 호기심이 가득 찬 펭귄들이 우리를 둘러싸고 있다.

"트래디는 왜 보이지 않지?"

누군가 이렇게 말하는 걸 듣고 나서야 모두 트래디가 이 자리에 없다는 사실을 깨달았다. 이때 한 펭귄이 앞으로 나서며 말했다.

"나는 트래디의 친구야. 그에게 좀 사연이 있어 내가 대신 온 거지. 그가 사라졌어!"

그의 말을 듣고 모두 트래디의 안녕에 관해 걱정스러운 마음으로 그의 말을 기다렸다.

"며칠 전에 그에게 끔찍한 일이 벌어졌어. 먹이 사냥에서 돌아오는 길목에서 무서운 바다표범에게 쫓기게 됐어. 다른 펭귄들은 도망쳐 나왔는데 트래디는 힘에 부쳐 바다표범에게 거의 붙잡히고 말았지. 나도 그 광경을 봤는데 정말 무서웠어. 바다표범이 물살을 가르며 그에게 달려들었단다."

그의 말에 펭귄들은 벌써 슬픈 표정을 짓기 시작했다.

"하지만 바다표범이 그를 정말로 잡아먹었는지는 아무도 몰라. 트래디가 그 포식자를 피해 물속 깊이 사라진 뒤로 그를 본 펭귄은 아무도 없었어."

아바바는 그 말을 듣고 크게 낙담하여 큰 울음소리를 내며 울었다. 모든 펭귄들이 트래디가 그만 바다표범의 먹이가 돼버리지 않았을까 하는 걱정과 슬픔에 젖었다. 슬프고 불행스런 일이 트래디에게 일어나고 말았다.

"그가 죽었나요? 그의 죽음을 끝까지 확인한 펭귄이 있나요?"

아바바가 그에게 다급하게 물었다.

"아니. 하지만 트래디는 더 이상 물 위로 모습을 드러내지 않아서 끝까지 지켜본 펭귄은 없지만 그가 죽임을 당한 것이 틀림없어."

트래디의 동료 펭귄 말에 모두들 고개를 숙이고 트래디의 명복을 빌기라도 하는 듯 구슬픈 울음소리를 냈다.

이때 아바바는 번뜩 다른 생각을 떠올렸다.

"아니야. 그가 그렇게 쉽게 죽었을 리가 없어. 바다표범을 피해 물속 깊이 들어간 거야. 그리고 다시 그 모습이 보이지 않는 건 그가 바닷속 깊이 잠수해 호수로 가는 비밀 통로 쪽으로 가버렸기 때문일 거야. 아마 지금쯤 그는 우리 펭귄 선조들이 얘기하는 비밀의 호수로 무사히 가 있을 거야."

아바바는 그렇게 생각한 희망을 굳게 믿으며 의연하게 슬픈 표정을 거두었다. 아바바는 트래디의 동료 펭귄에게 친구를 잃은 것에 대해 너무 슬퍼하지 말라고 오히려 그를 위로했다.

그를 더 이상 볼 수 없다니 참 슬픈 일이다. 하지만 오래된 세대가 가고 새로운 세대가 오는 건 슬픈 일이지만 자연 생태계에서는 필연적으로 일어나는 생명의 순환 과정이다. 그래도 트래디가 없는 모임 분위기가 허전한 것은 어쩔 수 없는 사실이었다.

트래디의 동료 펭귄의 이름은 밝혀지지 않았지만 모든 펭귄들이 '오랜 날개(올드윙)'란 별명으로 그를 부른다. 그 역시 트래디만큼 이 펭귄의 무리에서는 가장 연장자에 속한다. 그리고 그는 트래디와 함께 모든 선조들에 대한 이야기를 잘 알고 있다.

"우리에 관해 뭔가 이야기하려고 모인 거래!"

펭귄들이 주변으로 모여들며 호기심 가득한 눈길을 보낸다.

선조들의 비밀 이야기

이렇게 모임이 시작되고 펭귄 57호가 먼저 입을 열고 펭귄 무리의 가장 연장자인 올드윙에게 물었다.

"왜 펭귄들이 춥고 황량한 이곳에 살게 된 거죠?"

모두들 어떤 대답이 나올까 궁금해하며 그를 응시했다.

"먼저 우리 선조들로부터 전해 오는 이야기를 들려주면 되겠군."

그가 천천히 이야기를 시작했다.

"그건 아주 오래된 과거를 말해 주고 있어."

올드윙이 전한 조상들의 흥미로운 이야기는 이렇게 시작되었다.

"아주 먼 옛날 이곳엔 얼음 대륙이 아닌 시절이 있었지. 나무들이 울창한 숲과 푸른 풀이 가득 덮인 곳이라 모든 것들이 아주 풍부한 땅이었단다. 지금은 펭귄들이 작은 날개를 지니고 있지만 그때는 하늘을 훨훨 날아다닐 만큼 선조 펭귄들은 큰 날개를 지니고 있었지. 그들이 사는 대지는 온 천지에 먹을거리로 넘치는 축복받은 곳이었어. 그런데 어느 날부터 조금씩 대지의 남쪽부터 눈으로 덮이기 시작했어. 그러자 숲이 사라지고 풀마저 없어지자 그곳에 살던 모든 생명들도 살길을 찾아 하나 둘 떠나가 버렸어. 그건 수십만 년 아주 오랜 세월에 걸친 대장정이었단다."

그는 여기서 잠시 이야기를 멈추고 부리를 가다듬었다.

남극 지하자원 생태

남극 표면의 대부분인 약 98%가 1~4km 두께의 빙하에 의해 덮여 있어 지질을 연구하기에는 상당한 어려움이 있다. 그러나 얼음으로 덮이지 않은 일부 지역에 대한 지질 조사를 통해 단편적인 자료나마 수집하고 이를 종합하여 베일에 싸였던 남극의 지질 역사에 대한 의문도 점차 풀려지고 있다.

남극을 우주에서 바라본다면 가장 눈에 띄는 지형은 하얀 빙하 위로 솟아나온 검은색의 기다란 산맥일 것이다. 이는 지구 상에서 가장 긴 산맥 중의 하나인 남극 횡단 산맥이며, 이를 중심으로 남극 대륙은 동남극과 서남극의 두 개의 대륙 지괴로 구분된다.

동남극은 지구에서 가장 오래된 대륙이다. 시생대 초기(34~38억 년 전)에 형성되기 시작하여 원생대 중기(9~16억 년 전)에 거의 완성된 것으로 생각된다. 비교적 젊은 4~5억 년 전에 형성된 고생대 조산대가 횡단 산맥 부근에 분포한다.

동남극을 구성하는 암석들은 호주, 남아프리카, 인도, 마다가스카르, 스리랑카 등과 구성이나 구조 등이 매우 유사하여 하나의 대륙, 즉 곤드와나 거대륙으로 합쳐져 있었던 것으로 생각된다. 최근에는 원생대 말에서 고생대 초기(약 9~5억 년 전)에 북미 대륙의 남서부와 동남극이 합쳐져 있었다는 흥미롭지만 믿기지 않는 가설도 제기되고 있다.

서남극은 동남극과는 달리 비교적 규모가 작고, 수억 년 미만의 연령을 갖는 5개의 지괴(메리버드랜드, 엘스워스-휘트모어 산맥, 남극 반도, 써스톤 섬 및 학 누나탁)로 구성된다.

구상의 대륙들은 46억 년 전에 지구가 탄생한 이후 여러 개의 대륙으로 갈라졌다가 다시 합쳐지기를 수차례나 반복하였다. 매우 오랜 시간에 걸쳐 있었던 사건이긴 하지만 대륙을 구성하는 암석에 기록된 증거를 종합해 보면 남극의 형성은 지금으로부터 2억 년 전에 갈라지기 시작한 곤드와나 거대 륙으로부터 유래한 것으로 여겨진다. [극지연구소]

그 뒤에 이어진 올드윙이 말한 내용은 이러하다.

"불행하게도 어느 날 순식간에 대지에 커다란 운석이 떨어져 그 자리에 커다란 호수를 만들었다. 그 광활한 대지와 호수는 수십만 년이 흐르자, 눈 덮인 얼음 대륙이 되어 버렸다. 언제든 큰 날개로 멀리 오갈 수 있었던 그들 펭귄 종족은 그 얼음 대륙의 해변가와 바다에서 먹이를 구할 수 있어서, 여전히 바다와 얼음 대륙을 떠날 수 없었다.

바닷속에서 더 풍부한 먹이를 얻을 수 있었던 그들은 과감하게도 큰 날개를 물속에서 유용한 지느러미처럼 만들어 버렸다. 날개는 작아지고 몸통에 거의 달라붙게 되었다. 그것 또한 수십만 년에 걸친 진화였고 그러는 사이 대지는 두꺼운 얼음 대륙의 아래로 숨어 버렸다.

하지만 그 푸른 숲이 울창했던 대지는 수천 미터나 두껍게 쌓인 얼음 아래 여전히 존재한다. 그리고 펭귄들은 아직도 조상들의 호수에 대한 전설을 잊지 않고 살아간다."

모두들 최고 연장자 펭귄 올드윙의 이야기를 신기하다는 듯 주의 깊게 들었고 이야기 속에 나오는 세월의 길이에 매우 놀랐다.

"이 얼음 대륙 아래 아름다웠던 땅이 있다니!"

모두 탄성을 질렀다.

"이곳 오모크는 우리 조상들의 신성한 장소란다."

펭귄 올드윙이 부리를 추켜들며 엄숙하게 말했다.

"사실 이 얼음 대륙 아래 조상들의 땅이 있단다. 또한 조상들의 무덤도 거기에 있지. 벌써 수십만 년 전의 일이지만 우리들의 전설이 생생히 살아 있어. 처음엔 물이 넘치는 호수였다가 그만 얼음으로 덮여버린 그 호수가 바로 이 오모크 아래 있는 거란다."

"그럼 이곳이 원래 우리 선조들의 고향인가요?"

"그럼, 물론이지."

펭귄 모두 그의 말에 귀를 기울였다.

"여기 한 가지 비밀이 더 있단다!"

올드윙이 잠시 목을 부풀리더니 말을 이어갔다.

"그건 호수의 비밀이었어. 추운 계절만 반복되고 끝도 없이 눈이 내리던 이곳에 어느 날 갑자기 섬광과 함께 커다란 운석이 떨어져 땅이 파이고 그 움푹 파인 웅덩이로 얼음이 녹아들어 호수가 되어 버렸지. 펭귄들이 호수를 방문하기 시작한 건 그 무렵이야. 그런데 사실 그 호수

깊은 곳 한가운데 비밀이 있단다."

"그게 뭔데요?"

펭귄 57호가 그에게 물었다.

"그건 신비한 돌에 대한 이야기지. 그 호수를 오고가던 펭귄들이 호수
바닥에서 빛을 내는 거대한 물체를 찾아냈어. 그건 하늘에서 번쩍였
던 섬광과 함께 떨어진 돌이었어. 그 거대한 돌은 물속에서 은은히 빛
을 내뿜으며 호수 바닥 전체를 밝게 비추었어. 그래서 호수가 멀리서
도 은은한 빛을 내며 보였던 거야. 그곳은 우리 선조들만 아는 비밀의
장소이자 아주 신성한 곳이 되었어. 누군가가 무리에서 사라지면 그
곳에 가 보면 푸른빛이 감도는 신비한 돌 옆에서 영원히 잠든 모습을
볼 수 있었단다."

그의 이야기는 점점 더 흥미진진해졌다.

"그런데 수십만 년에 걸쳐 날씨가 추워져 모든 것이 변하고 호수가 얼
음으로 뒤덮이자, 우리 선조 펭귄들은 더 이상 그 신비한 돌을 보러
호수 바닥으로 헤엄쳐 내려갈 수 없게 되었단다."

올드윙이 슬픈 어조로 이렇게 말을 맺었다.

그의 이야기는 역시 수만 세대를 이어 내려온 펭귄 종족에 대한 신화
와 전설을 품고 있고 그 진실이 숨어 있는 전설의 수수께끼로 남아
있다.

펭귄 57호가 다시 아바바에게 물었다.

"그럼 이제 펭귄들의 오모크가 왜 얼음 대륙 깊숙한 곳에 위치하고 있

는지 알게 되었니?"

아바바는 펭귄 57호의 말을 듣고는 부리를 올려 흔들며 날개를 으쓱

들어 올렸다.

"물론이지."

그는 펭귄 57호의 물음에 자랑스럽게 답했다.

올드윙이 전한 이야기는 너무 기나긴 세월에 걸쳐 일어난 일이었다.

대지가 생겨나고, 하늘에서 운석이 쏟아지고, 다시 그 대지가 얼어붙어 수천 미터의 얼음 아래 갇히기까지 그 얼마나 많은 세월이 흘렀을까? 펭귄들 모두 그 시간의 길이를 이해할 수 있을까? 모두 넋을 잃고 그의 말을 듣는다.

아바바가 "끄으윽!" 감탄 소리를 내고 말했다.

"우리를 천적으로부터 보호하려고 대륙 깊숙이 들어와 알을 부화하고 새끼들을 기른다는 건 알겠어. 그리고 왜 추운 겨울을 탄생의 시기로 삼았냐 하면 새끼들이 털갈이도 끝나 다 자랄 즈음이면 봄이 되지. 그리고 봄이면 새끼들이 얼음이 녹아 한층 더 가까워진 바닷가로 돌아가 스스로 먹이를 찾으며 독립할 수 있기 때문이란 것도 알았어. 하나더! 이 오모크 아래 존재하는 호수엔 선조들이 영원히 잠들어 있다는 것과 신비한 돌의 푸른 기운이 아직 존재한다는 사실도 알게 되었지."

"물론 선조들은 그 신비한 돌을 추앙했었겠군!"

펭귄 57호의 말에 그는 작은 날개를 살짝 들어 올리며 어깨를 들썩였다. 사실 펭귄 57호도 좀 놀랐고 감동도 받았다. 이 오모크가 아주 신성하고 신비스런 장소란 걸 알았기 때문이다.

"그걸 알아냈다니 대단하구나."

이 얼음 벌판 아래 얼어붙은 호수가 있고 더군다나 그 호수 바닥에는 신비한 돌이 존재하고 있다니! 하지만 지금은 그 신비한 돌을 수천 미터 두께의 얼음이 덮고 있다.

"그 돌은 어디서 왔나요?"

펭귄 57호의 물음에 올드윙이 이렇게 말했다.

"조상들의 이야기에 의하면 그건 하늘에서 내려왔다고 해."

그의 말에 모두 하늘을 쳐다봤다. 그 하늘에는 시리도록 하얀 구름이 천천히 흐르고 있었다. 멀리 보이는 빙벽 위로 바람이 부는 듯 눈바람이 일었다.

"수많은 세월 동안 돌을 품고 있던 그 호수는 조상들의 신비한 장소로 여겨졌지만 모든 것이 얼음으로 덮여서 사라져 버렸어. 하지만 나는 이 오모크 아래 아직도 신비하게 빛나는 그 돌이 있다고 믿고 있어. 보이지 않는다고 해서 없어진 것은 아니거든."

펭귄 57호도 그 돌은 여전히 그곳에 있을 거라고 생각하며 그의 말에 전적으로 동감했다. 바로 이 아래 그 신비한 돌이 존재하고 있다니! 이번엔 아바바와 지니가 여태껏 둘만의 비밀로만 알고 있던 놀라운 이야기를 모두에게 전해 주었다.

호수로 가는 비밀의 동굴

아바바와 지니는 해안 가까운 쪽에 떠도는 유빙 위에서 휴식을 취하고 있다. 거대한 테이블 모양을 한 그 유빙은 사실 몇 년 전에 얼음 해안에서 떨어져 나와 바다를 유유히 떠돌며 흐르고 있었다. 처음엔 아주 높

은 빙벽으로만 되어 있었지만 점차 주변이 부서지거나 녹아 내리고 한 쪽은 펭귄들이 올라서기 쉽도록 낮은 경사면을 이루며 바닷물 속에 잠겨 있어 펭귄들에겐 더할 나위 없는 안전한 보금자리가 되었다.

이곳 펭귄들이 이른 아침이면 바다로 뛰어들어 먹이 사냥을 시작하는데, 유빙을 떠나 조금 헤엄쳐 나가다 펭귄들은 곧바로 잠수를 한다. 수면 가까운 바닷속은 아주 맑은 파란색을 띠다가 더욱 깊어지면 짙은 청색으로 바뀌며 빛의 양이 줄어든다. 아주 깊이 잠수해 들어가도 남극의 차가운 해류 때문에 바다의 바닥이 비교적 선명하게 보이기 시작한다.

펭귄들은 잠시 호흡을 고르며 머문다. 여기서 위를 올려보면 유빙의 바닥이 멀리 위쪽 수면에서 하얀 빛을 내고 있다. 마치 또다른 하늘이 보이고 수면 아래 유빙의 물에 잠긴 부분이 구름처럼 멀리 떠 있는 모습으로 보인다. 완전 새로운 세계다.

간혹 물고기가 나타나 천천히 오고 가지만 펭귄들은 그들을 먹이로 삼지는 않는다. 조용한 바닷속 풍경의 평화스러움을 깨뜨리고 싶지 않은 모양이다. 펭귄들도 유연한 몸짓으로 해저 바닥을 오간다. 얕은 해저 바닥인 여기가 깊은 바다로 가기 전 잠시 머무는 중간 기착지인 셈이다.

잠시 후 그들은 더 깊은 바닷속을 향해 출발한다. 곧 해저 바닥이 낮은 경사면으로 흐르고 그러한 광경은 수심 200여 m까지 이어진다. 여기까지가 보통 남극 물고기들의 터전이다.

"우리 더 내려가 볼까?"

아바바가 더욱 어둡게 보이는 심연을 바라보며 지니에게 신호를 보낸다. 지니가 지느러미 날개를 두 번 접었다 펴며 알겠다는 신호를 보내자 아바바가 앞장서서 깊은 바닷속으로 경사면을 따라 수직에 가깝게 내려간다. 그건 경사면이라기보단 절벽에 가까웠고 그 절벽을 따라 간혹 엷은 빛깔을 띤 기묘한 모양의 산호도 보였다. 빛이 적은 이곳 생명체들은 거의 무채색을 띠었지만 간혹 붉은색 불가사리도 보인다.

"심해로 내려 뻗은 절벽 아래 숨어 있는 큰 동굴이 있어."

지니는 아바바가 들려주었던 말이 생각났다.

"내가 찾아낸 비밀 장소야."

아바바가 지니에게 다시 날개를 흔들어 신호를 보냈다.

급경사로 이루어진 절벽 면을 내려가자 과연 암벽 사이로 마치 거대한 물고기의 입을 닮은 둥근 해저 동굴 입구가 나타났다. 펭귄의 등장에 화들짝 놀란 물고기 서너 마리가 사방으로 흩어지고 혈관까지 보이는 물고기가 갑자기 나타나더니 놀란 몸짓으로 동굴 입구로 들어가 버린다.

펭귄 아바바가 물갈퀴로 몸의 방향을 잡아 거침없이 커다란 동굴 입구로 들어가자 지니도 이내 그를 따라 동굴로 들어선다. 50여 m를 더 들어가자 갑자기 동굴이 거대한 광장으로 변해 넓어졌다. 그리고 물로 가득 찬 이 동굴은 입구가 하나가 아니고 여러 개로 바깥 바다에 이어져 있었다. 그 입구들로 물고기들이 들고 난다. 주변이 무척이나 밝은 것은 하얀 소금의 결정체들이 널려 있고 하얀 소금 기둥도 있어 그 모습은 마치 누군가에 의해 특별히 연출된 장소처럼 아름답고 황홀하다. 커다란 조개들과 큰 몸집의 갑각류들이 천천히 바닥을 기어 다닌다. 여기저기 흩어져 있는 불가사리들 근처로 펭귄 덩치의 두세 배 됨직한 거대한 것도 눈에 띈다. 이 깊은 바다 바닥에는 다른 세계가 존재하고 있었다. 물 밖의 얼음 세계와는 또 다른 세상이다.

"어때? 무척 아름다운 곳이지?"

아바바가 자랑스런 몸짓으로 헤엄치며 지니를 바라본다.

"이 동굴 광장 저편에 다시 굴이 나타나. 그 통로가 바로 오모크 아래 잠든 호수로 이어진 동굴인 것 같아."

그는 발설해서는 안 될 비밀을 알려 주는 것처럼 조심스런 표정을 짓는다.

"이 비밀의 통로가 얼마나 긴지는 나도 전혀 몰라. 그 통로로 조금 들어서면 그 반대편 끝으로부터 푸른빛이 은은하게 까마득히 보이는 듯하지."

아바바는 광장 건너편에 위치한 통로 입구로 헤엄쳐 갔다.

"하지만 그리로 들어가기가 망설여져. 너무 멀리 뻗어 있어 숨을 쉬지 않고는 갈 수 없을 정도로 먼 거리지. 이곳으로 들어간 펭귄 중 살아서 돌아온 펭귄은 하나도 없을 거야."

아바바는 가빠지기 시작하는 숨을 참으며 지니와 서둘러 동굴을 서서히 빠져나와 쏜살같이 수면을 향했다. 그는 일순간 물결 위로 튀어오르며 남극의 시원한 공기를 만끽했다. 지니도 뒤따라 올라와 가쁜 숨을 내쉰다.

그들은 선조 펭귄들이 잠든, 푸른빛이 감도는 호수의 비밀 통로를 어렴풋이 알아볼 수 있게 되었다. 그 비밀의 통로는 그들의 가슴속에 꼭꼭 담겨 펭귄 선조들의 전설로 이어지다 언젠가 그 모습을 드러낼 것이다. 아바바와 지니가 꼭꼭 간직한 비밀인 그 푸른빛이 나는 돌을 간직한 호수는 분명히 오모크 아래 존재한다. 아바바와 지니의 이야기에, 모인 펭귄들이 고개를 연신 흔들며 신기함에 흠뻑 빠져들었다.

실제로 남극 대륙에서 발견된 보스토크 호수에 대한 매스컴의 보도 내용은 다음과 같다. 남극 대륙의 빙하 아래서 발견된 보스토크 호수 – 남극점에서 동남쪽으로 1,250㎞ 지점의 빙하 밑에 있는 거대한 지하 호수를 말한다. 보이지 않는 이 호수의 면적은 1만 4000㎢, 길이는 230㎞, 너비는 50㎞이다. 최고 깊이는 1,200m 정도로 추정되는데, 4,000m 두께의 빙하 밑에 있다. 1960년대 중반에 존재가 확인된 뒤, 1970년대에 비로소 호수라는 사실이 밝혀졌다. 이 외에도 남극에는 145개 정도의 크고 작은 빙하 밑 호수가 발견되었는데, 이 가운데서 보스토크호가 가장 크다. 수십만 년 전 빙하의 하부가 지열에 의해 녹아 내리면서 형성된 거대한 호수로, 호수 표면은 빙하 바닥으로부터 120m 정도 아래에 있다. 두껍고 차가운 빙하 밑에 있으면서도 호수가 얼지 않는 것은 호수를 둘러싸고 있는 두꺼운 빙하가 영하 60도에 달하는 극지방의 공기를 차단하고, 지구 내부에서 나오는 지열이 밖으로 새 나가는 것을 막아 주기 때문이다. 호수가 발견된 이후 과학자들은 이 호수에 생명체가 존재할 것인지에 대한 연구를 계속해 왔다. 과학자들이 이처럼 보스토크호에 관심을 가지는 것은 이 호수가 수십만 년 동안 외부 세계와 차단되어 있었기 때문에, 만일 생명체가 존재한다면 그 모습이 현재의 지구 생명체와는 전혀 나른 모습을 하고 있을 것이기 때문이다.

새끼 펭귄들을 위한 삶과 사랑

"어떻게 하면 새끼를 잘 기를 수 있지?"

펭귄 57호가 이렇게 물었을 때 펭귄 6213호가 대답했다.

"우리 새끼를 잘 기르려면 아비와 어미의 사랑과 정성이 중요해. 그냥 내버려 두면 이 거친 환경에서 다 죽어버릴 거야. 어미의 관심과 보살핌이 새끼들의 미래를 결정하지."

"그럼 어떻게 새끼들이 잘 생존하도록 하지?"

바로 옆에 있던 펭귄 아바바가 그에게 물었다.

"그건 우리가 이미 하고 있는 일이야."

펭귄 6213호가 말을 이었다.

"내 판단으로는 새끼는 바로 우리 자신이나 마찬가지야. 그 무엇보다도 아비와 어미가 자신을 잘 보여 주는 것이 필요해. 눈앞에서 보는 것을 바로 배우지."

"나도 부모가 나를 정성스럽게 보살펴 주었다는 걸 알게 되고, 그래서 내 새끼를 아주 지대한 관심을 갖고 훌륭히 키워냈거든. 새끼 앞에서 하는 하나 하나의 행동들이 참 중요해."

"옳은 말이야."

펭귄 6213호가 이렇게 강조하자 모두 그의 말에 동의하듯 고개를 끄덕였다. 이번에는 자신을 특별한 펭귄이라고 생각하는 펭귄 6213호가

말했다.

"난 새끼를 위해 발휘하는 능력이 중요하다고 봐. 만약 내가 연약해서 먹이를 사냥하지 못하면 새끼는 어떻게 되지? 내가 허약해서 잘 걷지 못한다면? 제 시간에 먹이를 주지 못한다면? 그럼 내 새끼는 아주 야위거나 그만 굶어 죽을 수도 있어. 내가 능력을 발휘해야만 내 새끼가 잘 자랄 수 있지 않아? 이비와 어미가 앞서 가야 새끼도 도움을 받지 않겠어? 나의 능력이 곧 새끼의 생존까지 이어진다고 생각해."

펭귄들은 부리를 끄덕였지만 그의 말 전부를 동의하지는 않았다. 결국에는 아비 어미의 삶과 새끼의 운명은 별개이니까. 때가 되면 새끼들은 독립해야 되는데, 아비와 어미의 지나친 보살핌은 때때로 홀로서기 의지가 약한 새끼에게 치명적인 죽음을 야기하기도 했기 때문이다.

"지나친 어미의 사랑은 문제가 된다고 생각해. 언제까지 새끼에게 먹이를 줄 수는 없어. 그리고 그런 지나친 사랑보다 가치 있는 것들이 더 많이 있어. 우린 그걸 찾아야 돼."

"새끼에게 먹일 걸 잔뜩 주었다고 해서 새끼가 행복한 것은 아니야. 새끼 자신이 사랑받는다는 마음을 느끼도록 하는 게 중요해."

모두 펭귄 6213호의 말에 부리를 끄덕였다.

왜냐하면 그들은 경쟁하거나 다른 펭귄보다 앞서 가야 한다는 것 말고도 더 가치 있는 걸 알려 주었기 때문이다.

펭귄들이 연출하는 혹한의 강추위를 막아 내는 허들링과 같은 행위는 정말 숭고한 가치가 있다. 그건 모두 같이 해야만 이룰 수 있는 일이다. 서로 경쟁보다 서로 배려를!

"아비 어미의 가르침은 새끼들이 어렸을 적에 몸소 보여 주는 것이 중요해. 새끼들을 위한 헌신과 희생도 필요하지. 자라나는 새끼들의 훌륭한 삶을 위해 배려하고 홀로서기를 어떻게 준비해야 하는가를 새끼에게 보여 주는 일이 아비 어미가 할 일이라고 생각해."

"맞는 말이야. 전적으로 동의해."

올드윙이 이렇게 정리해 말하자 모두 옳다고 동의했다.

펭귄들은 자신의 새끼가 추워하면 품에 안아 돌본다. 또 굶주려 울면 먹이를 구해다 준다. 그리고 특이한 것은 어미가 없는 새끼 펭귄을 서로 돌보려고 나선다는 점이다. 그건 자신을 위해서가 아닌 남을 향한 나눔과 베풂에 익숙한 펭귄 종족의 고매한 정신이다.

펭귄 57호는 펭귄의 삶을 지켜보다 펭귄들이 매우 독특한 생명체임을 느꼈다. 그리고 몇 가지 궁금한 것들이 있다. 어떤 것은 이미 풀었고 어떤 것은 아직 잘 몰라 트래디에게 직접 물어보고 싶었다.

우선 남극의 얼음 대륙에 추운 겨울이 찾아와 모든 생명체들이 더 따뜻한 곳을 찾아 떠날 때, 왜 유독 황제펭귄 종족만큼은 더 추운 얼음 대륙의 내부로 향하는지? 물론 이것은 이미 알게 되었다.

이 추운 곳 오모크에서 그들은 기다림을 알게 되고 참는다는 것을 배우고 거기서 얻는 생존의 기쁨도 누린다. 펭귄 아바바 역시 새끼를 잘 보호했다는 자부심을 갖게 되었고, 새끼 역시 따뜻한 사랑을 충분히 느꼈다. 그 사랑은 새끼들에게 살겠다는 생존의 의지를 아주 훌륭히 심어준다.

"언젠가는 헤어지지만 지금 우리는 모두 하나지."

"그게 바로 우리의 운명이야."

펭귄 올드윙이 옆에서 부리를 흔들며 말했다.

"떠나거나 떠나 보내는 것조차 우리들 삶의 방식이지."

"그런 헌신적 사랑과 희생도 영원하지는 않아. 아마 새끼들도 그것이 영원히 계속되지는 않을 거라 느낄 거야. 시간이 흘러 모두 다 알게 될 사실이지."

펭귄들 사이에 여러 의견이 오고 갔다.

하나 더 궁금한 점은 무리 속 수많은 펭귄들 사이에서 인연을 맺은 암 컷과 수컷들이 어쩌면 그렇게도 제 짝을 바로 찾아낼 수 있는가 하는 점 이다.

아마도 지니가 가장 잘 알고 있지 않을까 싶다. 제 새끼 펭귄도 그 많 은 수의 무리 속에서 바로 찾아내니 말이다.

"그 비밀은 우리 펭귄들의 울음소리에 있어요."

지니가 아주 공손히 부리를 저으며 설명했다.

"서로를 처음 보고 아바바가 나한테 구애할 때, 그의 사랑을 받아들이 는 순간부터 전 그의 목소리를 아주 잘 기억할 수 있어요."

지니는 수줍게 목청을 높여 계속 말한다.

"둘이서 즐겁게 사랑을 위한 춤과 노래를 부르면서 서로의 모든 걸 알 게 된답니다. 그의 영혼이 내 가슴속에 찾아들었죠. 아, 그것이 펭귄 피트의 진정한 의미랍니다. 펭귄 피트! 서로 목소리를 알아보는 비밀 은 바로 거기에 있어요."

지니의 말에 모두 긴 목을 흔들며 동의했다.

"서로 울음소리와 몸짓을 구분하지 못하는 일은 없어요. 그건 언제든 가능해요."

펭귄들이 고개를 아래 위로 끄덕였다.

"서로 사랑한다면 서로 모든 걸 알고 지내는 셈이고 그래서 우리는 모든 걸 같이 나눈답니다."

지니는 어미 펭귄으로서 역할도 덧붙여 나가며 그런 의미 깊은 생각을 펭귄 57호에게 들려주었다.

"그와 새끼 펭귄이 나의 전부로 난 그것으로 아주 행복해요."

지니는 새끼의 행복과 생존은 바로 아비 어미의 행위에서 비롯된다고 덧붙였다.

그래, 누군가의 헌신과 희생은 또 다른 누군가를 위한 진실한 배려와 관심이다. 그리고 그건 사랑으로 나타난다. 바다표범에게 잡아먹힐 위험이 있는 데도 새끼 펭귄을 위해 펭귄 아비 어미는 바다로 뛰어든다. 그것이 사랑의 힘이다! 그가 잡아먹혀 죽는다면 그 희생은 곧 자신의 미래인 새끼 펭귄의 굶주림과 죽음을 불러오게 된다. 모두가 연결된 하나의 고리다.

"맞아. 모두 하나야."

펭귄들 모두 소리 높여 고개를 끄덕였다.

아바바와 지니는 새끼를 위해 죽음을 두려워하지 않고 먹이를 구해오고 새끼를 먹였다. 그러나 그런 행동에 대해 보상받는 것은 아니다. 그건 아비 어미의 본능적인 내리 사랑이다!

그들은 새끼가 쑥쑥 잘 자라나는 걸 보고 기뻐 어쩔 줄 모른다. 그게 아비 어미의 마음이고, 안타까운 희생도 마다 않는 아비 어미의 헌신적 사랑이다.

"그것이 바로 새끼에 대한 사랑이야."

옆에서 듣고 있던 펭귄 아바바가 한마디 거들었다.

"헌신과 희생이 바로 우리를 지키는 버팀목이지."

이번엔 펭귄 6213호가 거들며 말을 이어갔다.

"새끼를 지켜보고 항상 새끼를 생각하고 있어야 돼."

모두 숨을 죽이고 올드윙의 다음 말을 기다렸다.

"그걸 실천하는 것이 진정한 아비 어미지. 새끼가 단순히 펭귄 밀크로만 살아가는 게 아니야. 아비 어미로서 새끼가 굶주림을 면하게 하는 일은 당연해. 그렇지만 그것만이 생존을 보장하지는 않아. 진심으로 말하자면 새끼는 아비 어미의 관심과 사랑을 먹고 자라는 거야."

그를 향한 동의의 울음소리가 사방에 퍼진다.

"더 필요한 것은 없나요?"

"따뜻한 애정과 보호와 관심이 있어야만 저 혹독한 추위와 강한 눈보라로부터 새끼들이 살아남을 수 있어."

그렇다. 펭귄 아비 어미의 역할은 영하 수십 도의 혹한과 눈보라로부터 새끼를 보호하고 굶주림을 벗어나게 하는 것이지만 여전히 새끼 펭귄들의 생존은 손쉬운 일이 아니었다.

"새끼 펭귄의 살려고 하는 본능과 의지도 필요하지."

"과연 새끼는 커서 그 사랑을 알까?"

펭귄 57호가 나서서 이렇게 말하자 펭귄들은 "물론이지!"라고 말하는 것처럼 고개를 끄덕였다.

황제펭귄 수컷의 새끼 돌보기 사랑은 정성이 지극하다.

우선 암컷 펭귄이 알을 낳고, 그 알을 부화시키기 위해 수컷 펭귄의 헌신이 필요하다. 영하 50도에 가까운 추위를 견디면서 부화를 성공시

켜야 하고 혹한의 눈보라 속에서 태어난 새끼에게 자신의 위 속에 든 펭귄 밀크를 끄집어내 제 새끼에게 먹여 준다. 이때 즈음이면 수컷 펭귄의 몸무게는 벌써 반으로 줄어든다. 자신을 몸 바쳐서 하는 아주 헌신적인 사랑이 있어야만 새끼가 생존할 수 있기 때문이다. 이 모든 시련은 오직 새끼 펭귄의 삶을 위한 아비의 사랑을 통해서만 극복이 가능하다.

또한 그 사이 벌어지는 암컷 펭귄의 먹이 활동도 전적으로 새끼를 위한 노력이다. 죽음을 무릅쓰고 먹이를 잡아 몸 안에 영양분을 축적한다. 그리고 자신이 살아 새끼 펭귄에게 돌아가야만 그 새끼 펭귄도 살 수 있다는 걸 안다. 이렇게 운명적으로 얽힌 가족애가 황제펭귄이 지니는 사랑의 실천이다.

하지만 불행한 일은 종종 일어난다. 어미 펭귄이 천적인 바다표범에게 희생되거나 자연의 가혹한 힘에 밀려 새끼 펭귄에게 돌아가지 못하는 일도 생겨난다.

이 시기에는 어미 펭귄의 죽음은 곧 새끼 펭귄이 더 이상 생존할 수 없음을 의미한다. 지난날 황제펭귄의 서식지에서 수천 마리의 새끼 펭귄이 굶주려 한꺼번에 몰사한 일이 있었다. 바다로 나갔다 돌아오는 길에 무너진 빙붕과 눈얼음으로 막혀 제때에 어미 펭귄들이 돌아오지 못했고 그 결과는 아주 참혹했다. 아비 어미의 사랑도 어쩔 수 없는 엄청난 재앙이었다.

아바바도 제 새끼를 정성스럽게 품어 부화시키고 잘 길러낸 후에야 그도 자신이 받은 아비 어미의 사랑을 느낄 수 있었다.

그가 들려준 헌신적 사랑 이야기를 들은 펭귄들은 연신 고개를 끄덕이며 부리를 높이 들어 지저귀며 모두 그런 사랑의 힘을 느꼈다. 누구든 그런 헌신적 사랑을 받아 보아야만 그 사랑의 힘을 조금이나마 알수 있다.

사랑은 어떻게 베푸는가

이 얼음 대륙의 펭귄들에게 물어봐야 될 것이 하나 더 있다. 이른바 허들링이라고 하는 펭귄들의 집단 행위에 관해서다.

"왜 펭귄들은 허들링을 하니?"

물론 눈바람과 혹한의 추위를 막기 위해서다. 어떻게 하는 걸까? 그건 서로의 몸을 밀착시키고 집단적으로 둥글게 무리를 이루면 된다. 그런데 겉으로 보기엔 단순한 이런 행위가 왜 감동적이라 하는 것일까?

그것에 대해 올드윙으로부터 들은 이야기와 펭귄 57호의 느낌도 같이 말해 보고자 한다.

"펭귄들이 혹독한 자연환경을 이겨내는 방법인 허들링은 매우 효과적이고 훌륭한 해결책이야,"

그는 잠시 부리를 다듬는다.

"그것이 감동적인 것은 그 속에 깃든 마음가짐 때문이지. 자세히 살펴보면 알게 되겠지만 그저 모여만 있는 것이 전부가 아니거든. 그건 우리 펭귄들이 함께 모여 하는 특별한 행위야."

펭귄들을 둘러보며 펭귄 57호가 질문을 던졌다.

"특별한 행위라면?"

"허들링을 할 때는 흩어지지 않고 둥글게 원을 그리며 돌아. 서로의 몸을 밀착해 강추위와 눈폭풍으로부터 서로를 보호하지. 그게 바로 허들링이야."

조용히 말을 듣고 있던 아바바가 얼른 답한다.

여기 매우 궁금한 의문점이 하나 있다. 원 바깥에 있는 펭귄들은 괜찮을까? 몸통 한쪽에 눈바람을 맞아 하얗게 되어버린 펭귄들은 곧 얼어죽지 않을까?

하지만 그런 일은 절대로 벌어지지 않는다. 절대로!

원의 안에서 돌던 펭귄 하나가 발걸음을 약간 원의 바깥쪽으로 잡는다. 다른 펭귄들도 그를 따라 발걸음을 바깥쪽으로 하면서 뒤따른다. 바로는 아니지만 서서히 이동하며 원 바깥쪽으로 나간다.

"아, 따뜻해. 지금 난 하나도 춥지 않아." 하고 느낀 그 펭귄은 이제는 약간 안으로 들어가고 있는 펭귄들을 보았다. 여태 자신을 지켜 주었던 동료 펭귄들에게 고마움을 느끼면서 그 자신은 점차 밖을 향해 나오게 된다.

"서로를 배려하고 서로를 돕는 방법이지."

펭귄 아바바가 날개를 퍼덕이며 설명을 도왔다.

"아, 여태 나를 이 모진 추위에서 막아 줬구나!"

보호를 받던 자신이 보호를 하는 자리에 와서 추위로 고통스러운 데도 그 자신의 기분은 뿌듯해졌다. 가슴 벅찬 자부심도 느낀다. 여러 가지로 마음을 써서 서로를 돕는다. 누군가를 돕는다는 건 바로 자신을 구원하는 길이다!

"그것이 우리가 생존하는 원동력이야!"

펭귄 6213호가 엄숙하게 말했다.

펭귄들은 마음속 서로의 감정을 나누어 몸으로 보여 준다. 그래서 거기서 나온 사랑은 실로 위대하다. 그런 배려에서 사랑이 나오고, 그 사랑은 쓰디쓴 인내가 있기에 이루어졌다.

올드윙이 이렇게 덧붙인다.

"우리 펭귄들이 하는 허들링은 마음 깊은 감정을 남을 위한 행동으로 보여 주는 것으로 서로를 위하는 것이 곧 자신을 위한 사랑 자체란 걸 암시해 주고 있지. 그것이 우리 펭귄 종족의 위대한 유산이란 걸 살 보여 주고 있어."

펭귄 57호는 그의 의견에 전적으로 동감했다.

허들링은 그들을 하나로 묶는다, 몸과 마음 그리고 영혼까지도! 오모크에서 벌어지는 허들링에 대한 펭귄 57호의 느낌은 이랬다.

'허들링을 하고자 하는 것이 한마음이고 허들링을 하는 행위가 서로를 위한 것으로 거기엔 그들의 헌신적 사랑이 깃들어 있다.'

"허들링은 온몸을 바쳐 사랑을 나누고 베푸는 행위야!"

펭귄 6213호가 자랑스럽게 말했다.

모두 그의 말에 고개를 끄덕인다.

태양이 지평선을 따라 낮게 거의 수평으로 움직여 간다. 남국 대륙의 낮이 하얀 빙원을 밝히며 점점 길어지고 있었다. 아바바와 지니의 새끼 펭귄에게 무엇을 좀 물어보려고 눈길을 돌렸는데 새끼 펭귄이 자리에 없었다.

"이런! 물어볼 궁금한 것이 참 많은데."

펭귄 57호는 주변을 살펴보다 그 새끼 펭귄을 발견했다.

"후, 세상에!"

또래들과 함께 새끼 펭귄들이 살짝 날리는 눈바람에도 가까이 뭉쳐 허들링을 한다. 몇몇 새끼 펭귄들이 모여 서로의 몸을 밀착시키고 추위를 이겨내고 있었다

그들은 무척 재미있어 하고 그것에 열중하고 있다. 역시 스스로 배운다는 건 스스로 깨우침을 의미한다. 미래 세대인 그를 지켜본다는 것은 기쁜 일이다. 그 새끼 펭귄은 지금은 보호받고 사랑을 받을 때임을 아비

와 어미는 너무나 잘 안다. 왜냐하면 그 모습이 수년 전 바로 자신들 모습이었기 때문이다. 그들도 아비 어미의 관심과 사랑을 애타게 바라며 자라났기에 더욱 그렇다.

"아직도 더 많은 사랑이 필요하지."

올드윙이 아바바와 지니를 바라보며 단호한 목소리도 말했다.

"언젠가는 그 사랑을 받기보다 베푸는 날이 올 것이야."

모두 그 말에 동의하며 고개를 끄덕였다.

펭귄 57호는 그가 알고 있는 어느 어미와 아비의 사랑법에 대한 이야기를 들려주었는데 그 이야기는 무척 흥미롭고 감동적이었으며, 모두에게 아비 어미의 사랑을 다시 돌아볼 기회를 주었다. 그 흥미로운 이야기는 다음과 같은 내용이었다.

세상에 존재하는 어미의 사랑에 이런 경우가 있다. 온대 지방에 해마다 봄이 오면 찾아드는 철새가 있다. 그 새는 온 천지에 자신의 울음소리로 그가 나타났음을 알린다. 바로 "뻐꾹! 뻐꾹!" 울면서 초원이나 갈대 습지, 그리고 숲이 무성한 들판을 날아다닌다. 그는 계절이 바뀌었음을 알리는 전령사이다. 그런데 놀랍게도 이 새의 번식에는 여느 새와는 다른 비밀이 숨어 있다. 뻐꾸기는 사방을 날아다니며 무엇인가를 열심히 찾는다. 날개를 활짝 펼치고 여유롭게 하늘을 날다가 어느 지점에서는 갑자기 내려앉아 주변을 열심히 살핀다. 뭔가를 찾아낸 듯하면 갑자

기 조용한 몸짓을 하고 가만히 숨어 있는다. 다른 새의 둥지를 발견하고
뻐꾸기가 하는 행동이다. 무엇을 하려는 걸까. 그가 바라보고 있는 새는
붉은오목눈이 새다. 뻐꾸기가 자신의 둥지를 탐색하고 있는지 모르는
그 새가 둥지를 떠나 먹이를 구하러 나선 직후 뻐꾸기는 몰래 그리고 신
속히 그 새의 둥지 위로 날아든다. 둥지 안에는 붉은오목눈이가 낳아 놓
은 알이 세 개나 있었다. 순간 뻐꾸기는 재빨리 둥지 위로 올라선 다음
뭔가를 둥지 안으로 떨어뜨린다. 맙소사, 놀랍게도 그것은 뻐꾸기 자신
이 금방 낳은 알로 이미 있던 알 옆으로 나란히 놓였다. 크기는 다른 알
보다 약간 더 크지만 알의 무늬는 거의 같아 유심히 보지 않으면 구분하

기 어려울 정도다. 알을 둥지에 낳은 뻐꾸기는 곧 둥지 위로 날아올라 재빨리 사라진다. 자신의 알을 다른 새의 둥지 안에 낳아 놓고 그대로 가버리는 이런 행위를 어떻게 보아야 할까.

하지만 기묘한 일은 여기서 끝이 아니다. 잠시 후 자신의 둥지로 돌아온 붉은오목눈이가 둥지를 살펴보고 몇 번인가 울어대다가 아무 일도 없었다는 듯이 알을 품기 시작한다. 그런데 뻐꾸기가 낳아 놓은 알은 주변의 다른 알보다 더 빨리 부화한다. 알을 깨고 나온 새끼가 대견한 어미 새는 부지런히 먹이를 구하러 나선다. 그리고 놀라운 현상이 벌어진다. 태어나서 아직 눈도 제대로 뜨지 못하는 어린 뻐꾸기 새끼 새가 온 힘을 다해 미처 부화하지 못한 다른 알들을 둥지 밖으로 밀어내 떨어뜨린다. 다른 알들을 모조리 없애버리고 자신이 온 둥지를 차지한다. 그런데도 졸지에 양부모 어미 새가 된 붉은오목눈이는 이런 사실을 알아차리지 못하고 어린 뻐꾸기를 자신의 새끼인 듯이 지극정성으로 보살핀다. 새끼 뻐꾸기는 열심히 울어대고 양부모인 붉은오목눈이는 정말 힘겨운 노력으로 어린 뻐꾸기를 길러낸다. 그리고 때가 되면 어미보다 덩치가 커진 뻐꾸기는 미련 없이 둥지 밖으로 나와 어미 새 곁을 떠나간다. 이런 뻐꾸기의 탁란(托卵) 습성은 우선 당장 새끼에 대한 사신의 책임이나 사랑보다는 종족 번식의 절실함에서 비롯되는 뻐꾸기의 자연 생존 법칙인 셈이다.

하천이 바닷물과 만나는 곳에는 또 다른 숭고한 사랑의 이야기가 펼쳐지는 사건이 일어난다. 봄이 오면 머나먼 바다로부터 한 무리의 고기 떼가 하천을 찾아든다. 그들은 먼 여행에 지친 몸을 끌고 바닷물과 민물이 만나는 곳에서 7일 정도 적응 기간을 거치며 하천으로 올라갈 준비를 한다. 마침내 하천을 거슬러 올라 수초가 많은 천변 물속에 자리를 잡는다. 오랜만에 휴식을 맛볼 틈도 없이 수컷 물고기는 물속 주변의 수초를 부지런히 모아 둥지를 짓는 작업을 한다. 둥지를 짓는 유일한 물고기 즉 가시고기가 이렇게 분주히 둥지를 짓고 암컷을 맞이할 준비를 한다. 수컷 가시고기의 많은 노력으로 둥지가 완성이 되고 수컷은 둥지 주

변을 맴돌며 누군가를 기다린다. 드디어 저편에서 암컷 가시고기가 모습을 드러냈다. 하지만 암컷은 둥지 주변을 헤엄칠 뿐 선뜻 둥지로 들어가지 않는다. 수컷 가시고기가 암컷에게 몸을 흔들며 환영의 표시를 하는데도 암컷은 여전히 둥지 주변을 빙빙 도는 몸짓만 하고 있다. 수컷 가사고기는 암컷에게 다가가 몸을 대고 암컷 등 위에 난 가시를 자극하기도 한다. 그리고 조금씩 암컷을 둥지 쪽으로 밀어 본다. 드디어 암컷이 둥지 안으로 쏙 들어갔다. 그리고 온몸을 부르르 떨며 둥지 바닥 위로 한 웅큼의 알을 낳는다. 자손 번식을 위한 암컷의 알들이 둥지에 가득 차고 이번엔 수컷 가시고기가 둥지로 들어가 수정을 위한 하얀 정자를 그 위에 뿌린다. 종족 번식을 위한 가장 기본적인 단계가 이루어졌다. 수컷 가시고기가 아주 만족스런 몸짓으로 둥지 위에서 알을 바라보는 동안 이상한 일이 일어난다. 같이 주변을 맴돌던 암컷 가시고기가 크게 한번 요동치더니 수컷 가시고기 옆을 스쳐지나 멀리 가버린다. 주변을 돌아보는 정도가 아니라 암컷은 멀리 떠나 자신이 알을 낳은 둥지로 돌아오지 않는다. 정확히 말하자면 알을 낳고 가버리는 것이다. 이것으로 가시고기 암컷의 역할은 모두 끝난다.

둥지 주변엔 이제 수컷 가시고기만이 남아서 둥시 안의 알들을 보살피고 지킨다. 둥지 안 수초에 다닥다닥 붙은 알들이 물결에 휩쓸리지 않게 안전하게 있는가를 확인한 수컷 가시고기는 자신의 지느러미와 꼬리를 흔들어 알 쪽으로 물결을 보낸다. 둥지 안에 위치한 알들에게 산소를 공급해야 알들이 무사히 보존되기 때문이다. 이때부터 수컷 가시고기는 먹는 것도 멈추고 잠도 자지 않으면서 끊임없이 산소 공급을 위한 부채질을 하고 알들을 돌보며 지낸다. 알들에 대한 사랑과 노력만이 알들을 무사히 부화시킬 수 있기 때문이다. 또한 주변을 경계하는 것도 늦추어서는 안 된다. 다른 굶주린 물고기나 남생이 같은 포식자들로부터 알들을 보호하고 지켜야 하므로 한치의 틈도 없는 방어 태세를 갖추고 그 포식자들을 물리쳐야 한다. 하천의 바닥에서 가시고기의 정성스런 보살핌이 무려 일주일 동안 밤낮으로 이루어지고 나서야 드디어 알이 부화되기 시작한다. 알들이 일시에 부화되는 것이 아니라 수컷 가시고기의 부채질로 충분한 산소를 공급받은 알들이 우선 깨어나므로 가시고기의 정성스런 보살핌은 며칠이고 더 계속된다. 알을 보살피기 시작한지 무려 15일 정도 지나서야 모든 알들이 부화된다. 수컷 가시고기의 정성스런 보살핌과 포식자들로부터의 안전을 지켜준 수컷의 노력 덕분에 부화율은 놀랍게도 99%에 이른다. 모든 알들이 깨어나고 둥지 주변은 새끼 가시고기들로 가득하다. 이때부터 새끼 가시고기들은 생존의 몫을 스스로 짊어지고, 곧 바다로 떠날 준비를 하게 된다.

바로 이때 안타깝고 놀라운 일이 벌어진다. 알들을 모두 부화시킨 수컷 가시고기가 제 임무를 다하고 죽음을 맞이한다. 보름 동안이나 끊임없이 알들을 위한 보살핌과 잠도 자지 못한 피로감의 누적으로 수컷 가시고기는 다 헤어진 자신의 몸을 새끼들이 가득한 둥지 옆으로 가라앉히며 삶을 마감한다. 바다로 떠나가려는 새끼 가시고기들이 그 아비 가시고기 주변으로 몰려든다. 그리고 놀랍게도 그들 새끼 가시고기들은 아비 가시고기의 몸을 조금씩 뜯어먹고 굶주린 배를 채워 바다로 돌아갈 힘을 얻는다. 마지막까지 새끼를 위한 수컷 가시고기의 놀라운 희생이다. 새끼를 사랑하는 방법이 이렇게까지 놀랍도록 진화해 온 자연의 법칙 속에서 가시고기의 특별한 사랑법이 생겨났다.

이런 독특한 어미와 아비의 사랑은 종족 번식이란 명제와 뒤섞이며 나름의 별다른 방법을 찾아가고 있다. 사랑은 소유나 만족이 아니고 베풀고 나누는 것이란 걸 이들의 삶 속에서 볼 수 있는 것은 결코 우연이 아니다.

펭귄 그리고 인간

여기 잊지 말아야 할 또다른 슬픈 과거가 펭귄들에게 있었다. 불과 백 수십여 년 전 일이다.

어느 날 펭귄들의 영역에 호모 사피엔스 즉 인산 송족이 오기 시작했다. 펭귄들은 이 얼음 대륙의 추위와 바람도 스스로 견디지 못할 그 인간 종족에 대해 큰 염려를 하지 않았다. 왜냐하면 펭귄들에게는 수천 수만 년에 걸친 평화로운 시대가 지속돼 내려오고 있었기 때문이었다.

펭귄들은 인간에게 다가가서 환영의 인사를 나눈다. 그러나 결과는 참혹했다. 그 환영의 대가는 펭귄들의 바다에 커다란 소동을 일으켰다. 인간은 그들이 필요한 윤기 나는 털, 기름 그리고 고기를 위해 남극 바다의 물개와 고래를 마구 잡아들였다. 펭귄들은 직접 피해를 입지 않았어도 대신 그들의 먹이터를 점령당했다.

한 척의 배가 나타나면 그 인간들이 자신의 땅으로 돌아갈 때는 그 배안에 물개의 사체들이 가득찼다. 커다란 고래마저도 사냥하고 수십만 마리, 수백만 마리의 물개들이 죽어 나가도 인간들은 그 짓을 멈추지 않았다. 현재까지도 해안에 널려 있는 커다란 고래뼈 잔재들이 그 슬픈 살육의 역사를 여실히 말해 주고 있다.

"아주 끔찍한 시기였단다."

올드윙이 그의 조상들에게서 전해 들은 사실을 밝히며 소리 높여 탄식한다.

인간들은 물개들이 거의 멸종되고 나서야 그게 옳지 못한 일임을 알게 되었다. 그후로 인간들은 남극 대륙에서 무차별적인 살육을 멈추고 물개 남획을 금지했다. 인간들이 물개와 고래를 마구잡이로 사냥하는 시대는 끝났지만, 학자들이 이 대륙의 과거와 미래를 연구하고자 펭귄들의 나라인 하얀 남극 대륙으로 몰려오는 중이다. 그들의 연구는 어떤 결과를 가져올 것인가?

"무서운 사냥꾼들이 다시 몰려온다면 어떻게 하지?"

지금도 펭귄들은 아주 근심스런 목소리로 울어대고 있다.

인간들의 남극 발견은 불과 200여 년도 채 안 되는 역사를 지니고 있다. 1819년 지금의 남셰틀랜드 군도가 남위 62도 13분 지점에서 우연히 발견된 이래 인간들이 급기야는 남극 대륙의 반도까지 진출하고 있다. 남극점에는 노르웨이 탐험가 아문센이 1911년 인간 최초로 발을 디뎠다. 19세기에 어선들이 몰려와 물개, 코끼리해표 그리고 고래를 마구 남획하여 그들 종의 생존과 번식에 막대한 영향을 끼쳤다.

최근에는 인간들이 먹이 사슬의 하위에 속하는 막대한 양의 크릴을 대량으로 포획해 가는 탓에 크릴을 먹이로 하는 펭귄들에게조차 심각한 영향을 끼친다는 연구 보고가 있다. 바야흐로 남극 바다의 어족 자원을 놓고 인간이 펭귄의 먹이를 대량으로 거두어 가는 경쟁자가 되어버린 셈이다.

남극 대륙은 수천 m 두께의 얼음으로 덮인 숨은 대륙이지만 그 아래에는 본래의 땅덩어리 대륙이 있다. 전체 대륙의 2%만 얼음 밖으로 드러나 있고 전 세계 민물(fresh water)의 70%가 얼음의 형태로 이곳에 존재한다. 대륙 이동설에 따르면 세계의 대륙이 하나로 뭉쳐 있던 것이 분리되어 남쪽으로 내려와 지금의 남극점을 중심으로 위치하게 되었다고 한다. 이는 남극 반도 주변에서 발굴된 화석 등을 볼 때 남극 대륙이 따뜻한 기후대에 있다가 대륙 이동하여 지구 상 가장 추운 지역에 자리 잡았다는 사실에서 알 수 있다. 연구 조사에 따르면 남극 대륙은 지하자원이 풍부하여 인간들이 그 자원을 개발할 날이 올 것이라고 예측된다. 남극 조약에서는 개발보다는 보존을 내세우고 있으나 인간들의 탐욕에 의해 언제 무너질지 모르는 남극 대륙은 전 지구 최후의 미개척지이다.

그럼에도 불구하고 인간들의 남극 개척을 위한 준비는 꾸준히 이루어지고 있다. 인간들은 미지의 땅을 탐험하고 이어서 개척을 하고 그리고

는 황폐함을 가져온 역사를 이미 경험하였다. 호모 사피엔스 종의 탐욕이 몰려드는 남극 대륙에서 펭귄 종의 운명은 어찌될 것인가?

학자들은 지구 온난화로 인한 유빙의 소실, 인간과의 먹이 경쟁 그리고 남극 대륙의 개발 같은 환경 변화로 남극 대륙 해안 전역에 살고 있는 황제펭귄이 한 세기가 흐르기 전에 전체 개체수가 5%로 줄어들 것이라고 경고하고 있다. 그건 거의 멸종 수준에 이르는 것이고 펭귄 종족에겐 무서운 재앙이다. 수십만 년을 이어 온 그들 삶의 터전이 급속히 변하고 있고 펭귄 역사상 최대의 위기 시대가 다가오고 있다.

유빙이 녹아 바다로 떨어지는 물방울이 흡사 펭귄의 눈물 같다. 인간들의 탐욕의 역사가 또다시 남극 대륙에서 연출된다면 호모 사피엔스의 후손들은 아마도 후일에는 황제펭귄을 남극 대륙에서조차 특별히 마련한 '펭귄 보호 지역'이나 동물원의 울타리 너머로만 볼 수 있을지도 모른다. 북아메리카 대륙의 늑대나 버팔로 사냥이 그랬고 오스트레일리아에서의 일부 동물종이 인간에 의해 멸종의 길을 걸었으며, 지금도 남아메리카 아마존 강 유역의 삼림이 사라지고 있다. 이런 슬픈 역사의 칼날이 남극 대륙의 펭귄 종족을 향해 다가오고 있다면 수십만 년을 생존해 온 그들은 과연 어떻게 대처할 수 있을 것인가? 그들만의 비밀스런 생존법을 생각하며 황제펭귄 무리들은 남극의 바다를 헤엄쳐 다니고 있다. 그 속에서 지금 이야기에 등장하는 펭귄 아바바가 그의 삶을 열심히 살고 있다. 여기에서는 생존한다는 자체가 아름다움이다.

호모 사피엔스 종인 인간들이 남극으로 몰려오고 있다.

"우리의 미래가 여기 있어."

"오랜 과거도 역시 여기 있어."

그들 인간들이 외치는 말이다.

실로 그들은 이 남극의 모든 비밀을 알려고 노력하고 있다. 남극 반도의 일부인 해빙 지역에서 발굴한 화석으로는 과거를 살려내고 얼음 아래 숨은 지하자원을 조사해서 미래를 준비하고 있다. 더군다나 남극 생명체까지 조사하여 수십, 수억 년의 세월 속에 잠든 비밀을 캐내고자 한다. 머지않은 시기에 이들 연구자들과 더불어 호모 사피엔스 종이 남극의 새로운 거주자로 나설 것이다. 그들은 한랭 지역의 넙치 유전자를 식물인 딸기 속에 넣음으로써 냉해를 입지 않는 딸기를 이미 생산해 내고 있다,

지금은 극한의 영하 날씨를 견디지 못하는 그들이 언젠가는 남극 생물체가 지닌 유전자를 얻어 이 혹독하지만 평화로운 남극 대륙으로 당당히 몰려올 날이 올 것이다. 그럼 이 펭귄 종족들의 삶은 어찌될 것인가? 인간들이 하늘을 나는 꿈을 꾸고 겨우 백여 년이 넘어서자 하늘은 온갖 비행기들로 꽉 차 있다. 아문센이나 스코트 탐험 일행이 개썰매나 도보로 한 달 이상 걸려 도착했던 남극을, 남극 대륙에 있는 아문센-스코트 비행 기지를 떠나 3시간이란 짧은 시간에 다다를 수 있게 되었다. 아마 남극은 호모 사피엔스 종의 새로운 거주지가 될 것이다.

"그러면 우리 선조들의 호수마저도 드러날까?"

펭귄들이 이렇게 물으며 걱정스런 울음소리를 냈다.

"아마 얼음을 뚫고 터널을 만들지 않을까?"

펭귄 57호가 말한다.

"그럼 그 호수에 있는 신비한 돌은 어찌될까?"

"그건 우리들만이 아는 지켜야 할 비밀인데."

펭귄 6213호가 걱정스런 표정을 짓는다.

"그들이 무엇이든 마구 캐 가지 않을까 염려 돼."

"그들은 왜 홀가분하게 살지 않지? 뭐든지 가져가려는 독특한 생물종이야."

그건 펭귄 종족의 염려와 걱정만은 아니었다.

호모 사피엔스 종의 무분별함으로 인해 남극 대륙엔 벌써 쥐가 상륙하여 조류의 번식을 위협하는 존재로 떠오르고 있다. 예전 고래잡이 시절 그들의 식량으로 쓰려고 인간들은 순록을 이 땅으로 들여왔다. 기후가 온난해지자 남극 대륙 바닷속에는 여태껏 보이지 않던, 무엇이든 먹어 치우는 킹크랩 같은 이민 생물체들이 수없이 몰려들고 있다. 하늘에서는 오존층이 뚫려 태양의 자외선이 쏟아져 내린다. 눈에 보이지 않지만 이미 남극 대륙에 대한 무서운 침공과 변화가 서서히 일어나고 있다. 이 모든 일과 더불어 지구 온난화를 가속시키는 호모 사피엔스의 침공을 누가 염려하지 않을 것인가. 이미 남극 대륙은 조용한 곳이 아니다.

펭귄 종은 호모 사피엔스 종들이 무엇이든지 비밀을 알아내고 뭐든지 소유하려는 걸 이해하지 못한다. 펭귄들은 이 세상 모든 것이 나눌 때만이 그 가치가 있다고 믿는다. 탐욕스럽게 소유한다는 건 너무 불편한 고통이 된다는 사실을 호모사피엔스 종족은 알고 있을까?

얼음의 땅이자 비밀스런 장소인 이 펭귄들의 영토는 어떻게 될 것인가? 인간들은 이 얼음 대륙 아래 숨어 있는 땅을 탐내고 있지나 않은지? 펭귄들에겐 새삼 경계해야 할 호모사피엔스 종족이다.

해안에 닿은 빙벽이 무너져 바다로 쓸려들어 가고 있다. 알을 낳고도 더 이상 그들의 서식지로 돌아가지 못하는 펭귄들도 늘어났다. 지금은 펭귄들에겐 평화의 시대가 아니다.

"우리의 평화마저 지킬 수 없다면?"

"다시 슬픈 일이 되풀이될 것인가?"

"이 얼음 대륙에 살고 있는 우리의 운명은?"

"우리의 생존이 위협받고 있어!"

여기 모인 펭귄들의 공통된 생각들이다.

얼음 대륙 아래 잠든 호수의 신비한 돌에 대한 이야기는 인간들의 무절제와 탐욕 때문에 절대 누설되어서는 안 되는 영원한 비밀로 남기를 바라는 마음이 간절하다. 그 '하늘을 나는 돌'이나 '얼음 호수 속에 잠든 돌'에 대해 전해져 부르는 이름도 절대 비밀이다!

"슬픈 과거를 되풀이하지 않는 것은 미래를 위한 최고의 준비다."

펭귄 57호의 말에 아바바가 그의 날개를 퍼덕이며 동감했다.

요즘 아바바는 밤이 오면 오모크의 저 아래로부터 올라오는 푸른빛을
그의 눈으로 조금씩 감지하고 느끼는 능력을 갖게 되었다.

아바바가 풀어낸 '트래디의 수수께끼' 에 대한 그의 생각을 정리하고
그 비밀에 관한 답을 구해 본다.

기다란 띠처럼 생긴 직사각형의 한 면이 있고 그 위엔 오모크가 위치
하고 다른 면에는 호수가 위치해 있는데, 끊기지 않고 서로 연결하여 가
는 방법을 물었다. 아바바가 찾아낸 것은 한 면 끝을 180도 비틀어 다른
한 면 끝에 붙이면 한 번 꼬아진 원의 고리가 생겨난다. 절묘하게도 분
리되었다고 생각하던 두 면이 하나가 되고 그 면 위에 그려진 선을 따라
가면 면 위를 끊임없이 돌며 반복한다. 그 면의 가운데를 따라가면 오모
크와 호수가 한 면에 위치했음을 알게 된 것이었다. 그런 현상의 이름이
바로 '뫼비우스의 띠' 라고 불린다.

펭귄 아바바가 다시 새끼 펭귄에게 이걸 전하고 덧붙여 새로운 질문
을 던질 시기가 왔다.

"자, 나는 기다란 직사각형의 한 면을 한 번 비틀어 꼬아서 붙였지만
만약 두 번이나 세 번을 꼬아서 붙이면 어떻게 될까? 비트는 방향을
서로 반대로 한다면? 그리고 그 면에 난 선을 따라 길게 자른다면 두
개로 만들어지는 고리 사이엔 무슨 일이 벌어질까?"

이게 바로 펭귄 아바바가 그의 새끼 펭귄에게 던질 질문이 될 것이고 새로운 세대인 새끼 펭귄은 그걸 해결해 낼 것이다.

'뫼비우스의 띠'란 좁고 기다란 직사각형의 띠를 그 한쪽 면을 180도 비틀어 연결시킨 도형을 말한다. 그 특징으로는 도형 면의 어느 지점에서나 띠의 중심을 따라서 움직이면 시작한 곳과 정반대의 면에 도달할 수 있고 계속 나가 두 바퀴를 돌면 처음 출발한 지점이 나온다는 점이다. 그러므로 면의 안과 밖이라는 구분이 없어진다. 그런 의미로 볼 때 수십만 년에 걸친 선조들의 이야기가 곧 지금 그들의 이야기이고 그들의 삶과 죽음 또한 무한히 도는 여정이다. 우리가 그들이고, 그들 또한 바로 우리임을 알게 된다. 호모 사피엔스와 펭귄 또한 더불어 살아가야 할 소중한 생명체이다.

펭귄 57호는 이제 깨달은 것이 있다.

눈과 얼음이 펼쳐진 평원을 걸어가는 동료 펭귄들의 행렬을 볼 때 마치 하얀 면 위에 끊임없이 이어지는 한 줄기 선처럼 보인다. 바다에서 오모크로 다시 바다로 오가지만 언젠가는 오모크의 얼음 아래 잠든 푸른빛을 발하는 돌이 잠긴 호수로도 갈 것이라고 확신한다. 그는 펭귄 아바바, 펭귄 지니, 펭귄 트래디와 동료 올드윙은 물론 나머지 펭귄들과 더불어 긴 행렬을 걷고 또 걷는다. '뫼비우스의 띠'가 무한히 돌아 안과

밝이 하나의 면으로 느껴지듯 펭귄들이 펼치는 사랑의 여정도 영원히 이어져 가는 길이다. 그게 그들의 생존이자 그들의 소망이고 이 이야기를 여기까지 읽어온 이들이 이룩할 헌신적 사랑에 대한 기대감이다.

펭귄 57호와 펭귄 6213호가 마주보고 속삭인다.

"그런데 왜 수컷 펭귄이 알을 품어야 하는 거지?"

그들이 이렇게 말하고 펭귄 아바바의 얼굴을 살펴보는데 그는 하늘 높이 부리를 들어 힘차고 맑은 울음소리를 내며 주변을 바라보다 곧바로 새끼 펭귄에게 가버린다.

"사랑을 알고 베푸는 자만이 세상을 천국으로 만들어."

아바바가 그의 까만 등을 돌리고 멈춰 서서 펭귄 57호에게 조용하고 비밀스럽게 속삭인 말이다.

맞다. 헌신적 사랑의 여정은 그 길을 가 본 자만이 알고 있다!

펭귄들의 새끼에 대한 사랑과 모두에게 베푸는 사랑은 실로 전율적인 감동이다. 펭귄 밀크와 허들링에서 보듯이! 그리고 펭귄 피트로 맺어진 펭귄 아바바와 지니의 사랑과 그들 새끼에 대한 헌신적 사랑은 이 얼음 대륙에서 자라는 그들의 새끼와 더불어 수천 수만 세대를 이어 끝없이 전해질 것이다.

·

오모크에서

펭귄 아바바가

이 시대에 전하는 메시지는

이러하다.

자신을 몸 바쳐

"베풀고, 나누고 그리고 사랑하라!"

[여기까지 이야기를 함께 한 당신은 아마도

이 한 줄의 메시지를 위해 2만 9천여 단어의

기나긴 글을 읽어왔음에 틀림없다.]

에필로그
Epilogue

 나(펭귄 57호, 작가)는 펭귄 아바바의 이야기 그리고 오모크에서 나눈 이야기를 쓰면서 참 즐거운 시간을 보냈다.

 처음엔 그저 예쁜 펭귄 인형을 하나 갖고 싶은 마음에서 그의 이야기를 시작했다. 하지만 그가 일단 내 마음속에 들어오자, 난 그의 이야기에 빠져들었다. 펭귄 아바바는 상상의 산물이기도 하지만 언제 어디선가 그랑 많은 세월을 보냈던 것 같은 아주 그리운 친구가 되어 버렸다.

 "나는 과연 무엇 때문에 사는가?"

 이 근원적인 질문에 대해 수많은 사람들이 답하지만 정확한 답은 없었다. 정확한 답이 없다는 것이 가장 현명한 답변인지도 모르겠다.

우리에게 펭귄 아바바는 많은 것을 알려 주었다. 때로 그의 이야기를 쓰면서도 흡사 그가 이야기하는 것을 받아 쓰는 듯한 착각에 빠졌다. 이런 생각에 지금도 그가 다가와 다정히 "우린 친구야"라고 말하는 것 같다.

그리고 펭귄 아바바에 대해 앞에서 말하지 못한 비밀 한 가지를 밝히고자 한다. 모두 그의 모습이나 행동을 보면서 그의 날개에 관해서는 그다지 잘 모르는 것 같다. 그저 퇴화된 모습 정도? 아니면 뒤뚱거리며 걸을 때 균형을 잡는 정도로 인식한다.

그가 날개로 새끼 펭귄을 안는다든지 또는 날개를 펼쳐 새끼를 눈바람으로부터 보호한다든지 한다는 생각은 들지 않았다. 날 수는 없을까?

펭귄들이 엎드려 전진할 때는 발을 쓴다. 알과 새끼를 품을 때도 발을 사용한다. 그럼 날개는?

그런데 나에게 문득 번개처럼 이런 생각이 스쳐 지나갔다. 그럼 바닷속에서 그의 날개는 어떤가?

아, 그곳에선 그야말로 그의 날개는 문자 그대로 날개다! 그 날개는 물속 비행의 가장 중요한 부분이었다. 나아가는 속도를 조절하고 방향을 바꾸고 먹이 주변을 돌 때 그 날개의 위력은 대단했다. 그의 날개는 물속에서 날고 있었다. 때로 우리는 펭귄이 날지 못한다고 하는데 그것은 단지 물 밖에서일 뿐이다.

누구라도 펭귄의 날개에 대한 비밀처럼 그런 날개를 하나쯤은 지니고 있다. 그런 날개가 바로 펭귄 아바바의 날개고, 또한 당신의 숨겨진 날개일지도 모른다.

지금도 펭귄 아바바는 자신의 일상을 남극 대륙의 얼음 바다에서 보내며 삶을 살아가고 있다. 바쁜 일상 속에 끊임없는 분주함 속에 살아가는 인간들의 모습과 흡사하다. 그렇지만 아바바는 자신의 특별한 장소 오모크를 갖고 있다. 거기서 자신의 정체성을 찾고 삶의 의미를 찾는다. 그건 마치 모든 걸 감싸는 생물체의 자궁이나 고향과도 같은 존재로 남아 늘 우리를 이끈다.

누구에게든 이런 곳으로 향한 자신의 존재감을 느끼고 싶고 그런 회

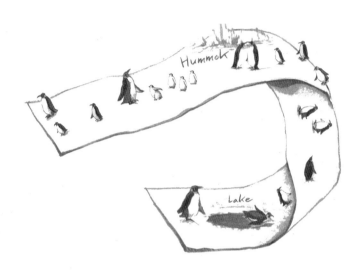

귀본능을 지니고 살아간다. 비록 수많은 크레바스가 오모크로 향하는 펭귄들의 행렬을 막을지라도 그들이 넘어서는 것처럼 인간들 또한 그 길을 통해 자신의 정체성을 찾는다. 그리고 자신의 가슴속에 자신만의 오모크를 향해 가고 싶어한다. (끝)

탈.고.하.면.서.

　같은 일이 반복되는 평범한 일상에 마음이 지친 어느 날 숲을 찾아 산
행을 갔다. 역시 길을 나선다는 것은 삶을 새롭게 느끼게 만든다. 모든
것들의 모습과 행위에 대해. 그리고 산사의 낡은 마루턱에 한참 동안이
나 앉아 천 년이나 묵었다는 왕벚꽃 나무의 꽃잎들이 바람에 흐드러지
게 날리는 모습을 넋을 잃고 보고 있었다. 대단한 자연의 연출에 할 말
을 잃었다. 그 바람에 날리는 꽃잎들을 보는 한 시간 내내 내 마음에 형
용 못할 황홀한 감정을 느꼈다. 정말 아름답다!

　순간 나의 귓전에 달그랑하고 맑고 청아한 풍경(風磬) 소리가 들려왔
다. 그리고 이런 내 마음. 아, 왜 이 소리는 여태 듣지 못하고 있었을까?
바람에 저렇게 처마 끝 풍경이 흔들려 청명한 소리를 내고 있었는데도

나는 그 소리를 듣고 있질 못했다니! 꽃잎 날리는 걸 보고 있는 동안 들리고 있었는데도 나의 귀에는 들리지 않았던 그 풍경 소리! 이건 과연 무엇을 말하고 있는가?

때로 우리는 흩날리는 꽃잎의 아름다움에 취해 소중한 걸 잊고 산다. 세상 누군가는 항상 또 다른 누군가를 절실히 필요로 하고 있고, 서로를 사랑하고 사랑받기를 원한다. 이제 펭귄 아바바의 이야기를 다 읽은 당신은 그가 세상 남쪽 끝에서 혹은 당신 자신의 마음속에서 애타게 세상을 향해 외치는 생명스런 소리를 들을 수 있어야 하지 않을까?

이 이야기를 함께 한 당신에게 나의 무한한 사랑을 바친다. ▉